HEDWIG COURTHS-MAHLER

Im fremden Land

HEDWIG COURTHS MAHLER

Im fremden Land

WELTBILD VERLAG

Genehmigte Lizenzausgabe für
Weltbild Verlag GmbH, Augsburg 1996

Einbandgestaltung: Peter Engel, München
Titelfoto: Superbild, München
Gesamtherstellung: Presse-Druck Augsburg
Printed in Germany
ISBN 3-86047-938-5

I

»Heinz, mein lieber Bruder!

Deinen letzten Brief, in dem Du mir Deine Ankunft in New York anzeigst, habe ich erhalten. Ich bin froh, daß Du es dort anscheinend so gut getroffen hast und es Dir gelungen ist, nach dem Zusammenbruch Deiner Lebenshoffnungen Dir eine neue Existenz zu gründen.

Mir war bange um Dich, mein Lieber, denn ich wußte gut, wie verzweifelt es in Dir aussah, als Dir nichts, gar nichts, gelingen wollte, seit Du aus dem Krieg heimgekehrt warst. Immer wieder standest Du dem Nichts gegenüber, und ich hatte Angst, wenn Du mir mit blassem Gesicht einen neuen Mißerfolg meldetest und dabei die Zähne zusammenbeißen mußtest, um die Fassung nicht zu verlieren. Ich wurde die Sorge nicht los, daß Du in Verzweiflung etwas tun könntest, was nicht wiedergutzumachen war. Der Existenzkampf war schwer in diesen Jahren, und was Du verdientest, reichte nur von der Hand in den Mund. Ich sehe Dich noch vor mir, als Du mir sagtest, daß Du nach Amerika gehen würdest. ›Es geht nicht so weiter, Schwester, hier komme ich auf keinen grünen Zweig. Ich muß das Leben mit festen Arbeiterhänden anpacken, damit es mir gibt, was ich brauche. Vielleicht erschrickst Du, wenn ich Dir sage, daß ich drüben in einem großen Automobilwerk eine Stellung als Einfahrer angenommen habe.‹ So sprachst Du zu mir. Ich erschrak nicht, wie Du wohl geglaubt hattest, sondern sagte Dir nur: ›Es muß sein, Heinz, jede ehrliche Arbeit ehrt den Mann.‹ Du nahmst meine Hände und sagtest: ›Tapfre Schwester! Ich verlasse die Sphäre, der ich bis jetzt angehörte, aber ich werde endlich Geld genug verdienen, um ein menschenwürdiges Dasein führen zu können. Das Werk, bei dem ich durch Vermittlung eines Amerikaners Anstellung gefunden habe, ist die Stemberg-Kompanie in New York. Sie suchte einen furchtlosen Menschen zum Einfahren neuer Motoren, auf einen Hals- oder Beinbruch darf es einem da nicht ankommen, aber es wird gut bezahlt.‹ Du lachtest zum erstenmal wieder seit langer Zeit.

›Willst Du nun die Courage verlieren, Schwester? Hat mich der liebe Gott nicht durch tausend Gefahren geführt, ohne daß mir etwas geschehen ist? Er wird mich auch jetzt nicht umkommen lassen.‹

Ach Heinz, wie schwer mir ums Herz war, ahntest Du nicht. Aber Du bist kaltblütig entschlossen, wo es darauf ankommt, und deshalb will ich mich nicht unnötig sorgen. Ich bin jedenfalls mit all meinen Wünschen bei Dir und hoffe, Gutes von Dir zu hören.

Rührend lieb ist es von Dir, daß Du mir helfen und mich aus meiner bedrückenden Lage erlösen willst, sobald Du etwas zusammengespart hast. Onkel und Tante sind natürlich außer sich, daß Du eine untergeordnete Stellung angenommen hast. Sie hätten es richtiger gefunden, wenn Du verhungert wärst, als daß Du Testfahrer geworden bist. In ihrem engstirnigen Sinn empfinden sie es als eine Schmach, und sie machen mich mitverantwortlich, weil ich es Dir nicht ausgeredet habe, diese Stellung anzunehmen. Du kennst sie ja. Ich lasse sie reden, es kommt nicht darauf an, ob sie noch ein wenig mehr nörgeln. Aber eins will ich Dir sagen: Dein

Entschluß hat auch mich wachgerüttelt aus meiner Stumpfheit. Ich frage mich jetzt hundertmal am Tag: Warum ißt du bei deinen Verwandten, die kaum genug für sich selbst zu essen haben, immer noch das Gnadenbrot? Wäre es nicht richtiger, für Geld zu arbeiten, um von dieser Gnadenbrotmisere frei zu werden? Freilich – ich habe nichts Rechtes gelernt. Die Eltern haben mich für das Leben einer Tochter aus begüterten Kreisen erzogen, ich kann von allem ein wenig, aber nichts gründlich genug, um mich damit auf eigene Füße stellen zu können. Solange Papa lebte und seine Stellung im Ministerium ihm sicher war, gab es keine Veranlassung zur Sorge. Es reichte immer zu einem guten, auskömmlichen Leben, und für später dachten die Eltern an eine Versorgung durch eine entsprechende Heirat. Aber wie anders ist alles gekommen! Nachdem Papa zu Beginn des Krieges fiel und auch Mama bald starb, stand ich allein und verlassen da, denn Du weiltest ja an der Front. Hilflos ließ ich mich von Tante Agathe in ihre bescheidene Beamtenwohnung schleppen und mußte noch froh sein, daß ich ein Unterkommen fand. Für die ersten Jahre konnte ich mich wenigstens noch selber kleiden aus dem Erlös der Möbel unserer Eltern, den Du mir großmütig überließest. Aber dann war ich ganz auf die Gnade meiner Verwandten angewiesen. Und weil ich es entsetzlich fand, von Almosen zu leben, ließ ich es ohne Gegenwehr geschehen, daß Tante Agathe ihrer Hausangestellten kündigte und mich ihre Arbeiten verrichten ließ. Wenn ich mit Tante Agathe ausgehe und Bekannte treffe, darf ich allerdings nichts von Arbeit erzählen, ich muß mich ganz als Dame geben – als Drohne. Die Nichte des Geheimrats Karsten muß als unnützer Brotesser erscheinen. Warum nur? Warum in diesen furchtbar ernsten Zeiten noch dieses rückständige Komödienspiel aus Standesrücksichten? Warum darf ich mir mein Brot nicht als freier Mensch verdienen, gleichviel, in welcher Stellung?

Wenn ich nur wüßte, wie ich mich unabhängig machen könnte! Ich überlege mir immer wieder, was ich leisten könnte, was ich gelernt habe. Es ist verzweifelt wenig. Ich kann englisch und französisch sprechen – aber nicht genug, um damit etwas anfangen zu können. Dann fertige ich geschickt Damengarderobe – ich arbeite alles, was Tante und ich tragen, und niemand würde glauben, daß ich es selbst genäht habe. Ich fragte Tante, ob ich nicht noch einen Kursus besuchen und mich dann als Modistin betätigen könnte. Da fiel sie beinahe in Ohnmacht. – Was kann ich noch? Waschen und bügeln, frisieren und nähen. Aber – wenn ich vor Onkel und Tante aussprechen wollte, daß ich eine Stelle als Hausmädchen suche – ich glaube, sie würden mich einfach einsperren. Onkel hat mir ohnedies schon klargemacht, daß ich, solange ich nicht mündig bin, nichts ohne seine Zustimmung unternehmen darf. Sonst hätte ich wohl schon etwas begonnen.

Die einzigen ›standesgemäßen‹ (wie ich dieses Wort hasse!) Stellungen, die ich vielleicht annehmen dürfte, wären die einer Gesellschafterin oder einer Krankenpflegerin. Aber trotzdem, lieber Heinrich, werde ich eine Stellung als Modistin oder Hausmädchen annehmen, sobald ich mündig bin. Onkel und Tante werden sich natürlich entsetzen, aber darauf kann ich nicht länger Rücksicht nehmen. Du hast mir durch Dein tapferes Zugreifen Mut gemacht, etwas Ungewöhnliches zu unternehmen und mir eine Lebensberechtigung zu schaffen. Ich mag nicht mehr von der Gnade anderer Menschen leben – auch von Deiner Hand nicht, mein lieber Bruder. Ich nehme kein Geld von Dir an, der Du mein liebster Mensch auf der Welt bist. Frei will ich sein und selber meine Kräfte regen. Spare Dein Geld. Vielleicht kannst Du doch eines Tages in die Heimat zurückkehren und Dir hier eine Existenz schaffen, die Deiner Bildung entspricht. Ich wünschte, ich würde auch eine Anstellung im Ausland finden. Aber solche Stellen fallen nicht vom Himmel. Jedenfalls wundere Dich nicht, wenn ich Dir nach meinem einundzwanzigsten Geburtstag melde, daß ich irgendeine Stellung angenommen habe. Und bitte, schreibe mir, sooft Du Zeit hast. Ob ich Dir immer antworten kann, hängt davon ab, ob ich genügend Geld zum Frankieren eines Briefes habe. Geld ist bei mir immer rar, und Auslandsbriefe sind besonders teuer. Aber wenn ich Dir auch nicht schreiben kann – mein Herz ist immer bei Dir, lieber Heinz. Alles Glück auf Deinen Wegen!

Deine Schwester.«

Traude Karsten legte aufatmend die Feder hin, als sie den Brief an ihren Stiefbruder Heinz Rutland beendet hatte. Die beiden Stiefgeschwister liebten sich zärtlich.

Heinz Rutland war bereits zwölf Jahre, als sein Vater sich zum zweiten Mal verheiratet hatte. Von seiner Mutter wußte er nur, daß sie früh gestorben war. Er konnte sich ihrer nicht mehr erinnern, doch zuweilen huschte eine schöne glänzende Erscheinung durch seine Träume, nach der er die Arme ausstreckte, die er Mutter nannte im Traum. Die gütige, aber farblose und verblühte Frau, die sein Vater in zweiter Ehe heimführte, konnte sich mit dieser glänzenden, schönen Traumgestalt nicht messen; aber sie kam ihrem Stiefsohn freundlich entgegen, gar nicht als Stiefmutter. Und sie brachte »Traude« mit in ihre zweite Ehe.

»Traude« war ein süßes kleines Mädchen. Kaum ein Jahr verheiratet, war »ihr« Vater einem Unfall erlegen, und nach zweijähriger Trauer um diesen einst geliebten Mann nahm Traudes Mutter die Bewerbung des Ministerialrats Rutland an, um eine Versorgung für ihr vaterloses Töchterchen zu haben. Traude wurde das Bindeglied zwischen Stiefmutter und Stiefsohn. Heinz Rutland war entzückt von dem kleinen Schwesterchen, so daß er gar nicht daran dachte, sich gegen ihre Mutter aufzulehnen, und die Kleine hing sehr an ihm. Der Bruder war der Inbegriff alles Guten, Lieben und Schönen für sie. So wuchsen sie miteinander auf in der leidenschaftslosen Ehe ihrer Eltern. Herr Ministerialrat Rutland war ein äußerst korrekter und – etwas langweiliger Herr, und seine zweite Frau suchte ihren Mangel an Liebe durch Ergebenheit zu ersetzen. Heinz und Traude aber waren zu temperamentvoll für die etwas steife Atmosphäre, in der sie aufwuchsen. Der Sohn mußte oft von seinem Vater ermahnt werden, ruhiger und korrekter zu sein. Der Herr Ministerialrat pflegte seiner zweiten Frau zu sagen: »Dieses unglückselige Temperament hat er von seiner Mutter.«

Später, als Schicksalsschläge die Stiefgeschwister trafen, hielten sie erst recht fest und treu zusammen.

Heinz Rutland war Offizier, und als sein Vater und seine Stiefmutter starben, konnte er nichts für seine Schwester tun. Er mußte es geschehen lassen, daß sie bei einem Bruder ihres Vaters, dem Geheimrat Karsten, eine Unterkunft fand. Damals war Traude Karsten etwa sechzehn Jahre alt und nicht fähig, den Lebenskampf aufzunehmen. So wurde sie zu einem Gnadenbrotdasein verdammt, das sie sich zwar doppelt und dreifach verdienen mußte, das ihr aber dennoch täglich vorgeworfen und vorgerechnet wurde. Ihr Onkel und Vormund und seine Frau Agathe waren keine bösen Menschen, aber Sorgen, Nöte und Beschränkungen hatten sie kleinlich und engherzig gemacht. Tante Agathe hätte ganz gewiß keinen Dienstboten gefunden, dem sie so viel hätte aufbürden können wie Traude, und das ohne Lohn.

Wenn Traude zuweilen sagte, sie möchten sie doch gehen lassen, damit sie sich auf andere Weise ihren Lebensunterhalt verdienen könne, fragte die Tante spöttisch, was sie gelernt habe, um auf eigenen Füßen stehen zu können.

»Wäre es nicht möglich, daß ich noch irgend etwas lernen könnte?« fragte Traude eines Tages.

Da lachte der Onkel Geheimrat sarkastisch. »Wo sollen wir das Geld dazu hernehmen? Du kostest uns ohnehin genug, und wir können unseren Opfern nicht noch neue hinzufügen. Sei froh, daß du in unserem Haus unterkriechen konntest, und danke es uns. Ich bin dein Vormund und dulde nicht, daß du abenteuerlichen Plänen nachhängst. Auch will ich nicht hoffen, daß du uns eine ähnliche Blamage zufügst wie dein Bruder.«

Das war gewesen, als Heinz Rutland die Stelle eines

Werkseinfahrers bei der Stemberg-Kompanie in New York angenommen hatte.

So mußte Traude bleiben und ihr freudloses Tagewerk fortsetzen. Sie verrichtete an den Vormittagen die Arbeiten eines Dienstboten, frisierte dazwischen neuerdings Tante Agathe, die Rheumatismus im Arm hatte, kochte die Mittagsmahlzeiten und saß des Nachmittags in einem engen Kämmerchen an der Nähmaschine, um für Tante Agathe und sich Garderobe zu ändern. Das halte ich nicht aus auf die Dauer, dachte sie oft. Im Geist begleitete sie ihren Bruder auf seinem Flug ins Weite und sehnte sich danach, es ihm gleichtun zu können. Sie wartete voll Ungeduld, daß sie mündig wurde. Würde sie dann den Mut und die Kraft haben, sich frei zu machen?

Seufzend erhob sie sich und klappte ihre Briefmappe zu. Sie wollte schnell noch den Brief an ihren Bruder in den Postkasten tragen. Als sie wieder heraufkam, deckte sie im Speisezimmer den Tisch und ging dann in die Küche, um das Abendessen zu bereiten.

Tante und Onkel waren von ihrem täglichen Spaziergang noch nicht zurückgekehrt. Das Leben im geheimrätlichen Haus lief wie ein präzises Uhrwerk ab. Die Tage des Onkels waren leer, denn er hatte weiter nichts zu tun, als ängstlich zu berechnen, wie er mit seiner Pension und den geringen Zinsen von einem kleinen ersparten Kapital auskommen sollte. Tante Agathe rechnete mit. Und wenn sie manchmal kalkulierten, was sie sparen könnten, wenn Traude nicht im Hause wäre, dann kamen sie zu einem recht betrüblichen Resultat.

»Aber ein Dienstmädchen würde uns noch viel mehr kosten. Sie verlangen jetzt so hohen Lohn«, sagte Tante Agathe mit seltener Einsicht.

Dem Geheimrat leuchtete das ein, und Traude blieb nach wie vor im Haus das Aschenbrödel, mußte aber nach außen immer noch die Dame repräsentieren.

Das quälte sie sehr, denn sie war ein ehrliches Geschöpf und sehnte sich nach Befreiung aus dieser Abhängigkeit. Bloß nicht mehr zur Dankbarkeit gezwungen werden!

Freudlos bereitete sie das Abendessen und trug es auf. Jeder Bissen wurde gewürzt mit der Bekanntgabe des Preises. Auch heute jammerte Tante Agathe wieder darüber.

»Was soll nur werden? Es nützt nichts, daß wir nur einmal in der Woche Fleisch essen und nur Margarine aufs Brot streichen. Was soll nur werden? Es ist eine trostlose Zeit.«

Traude taten die alten Herrschaften nun doch wieder leid; sie wußte, wie schmal ihr Einkommen war und wie rapid die Preise stiegen. Doch es war ihr furchtbar, diese Klagen anhören zu müssen. Sie trafen sie wie ein Vorwurf, und jeder Bissen quoll ihr im Munde. Sie wagte kaum, sich satt zu essen.

II

Einige Wochen waren vergangen. Traude hatte Antwort auf ihren Brief von ihrem Bruder erhalten. Er schrieb:

»Meine liebe Schwester! Deinen lieben Brief habe ich erhalten und mich sehr darüber gefreut. Es ist ein eigen Ding, wenn man so einsam und allein im fremden Land haust. Da tut ein liebes Wort von daheim Wunder. Und mein Daheim bist Du, Traude, ich habe ja sonst keinen Menschen auf der Welt, der zu mir gehört.

Und ich frage mich jetzt, da ich hier gut verdiene, täglich, was ich tun könnte, um Dich zu erlösen aus Deiner Knechtschaft. Manchmal denke ich, daß es das klügste wäre, wenn ich Dich herüberkommen ließe. Nur eins gefällt mir daran nicht: daß du hier als Schwester eines Werkseinfahrers auftreten müßtest. Für einen Mann ist das nicht schlimm, aber für Dich? Vielleicht folgst Du mir doch noch nach hier. Laß mich nur erst das Reisegeld für Dich zusammensparen.

Ich selbst habe mich sehr gut in meine neuen Verhältnisse eingewöhnt. Hier ist jeder ein Gentleman, der auf festen Füßen steht und sich gut beträgt. Man wird nicht geringer eingeschätzt, wenn man eine untergeordnete Stellung einnimmt, man muß nur ein ganzer Kerl sein. Mister Ernest Stemberg ist ein Dollarfürst, aber sein Vater kam als Klempnergeselle von Deutschland herüber und wurde ein reicher Mann. Er ist sehr stolz darauf, daß er die Millionen, die sein Vater hinterließ, noch vervierfacht hat. Seine einzige Tochter Maud, eine richtige Dollarprinzessin, hat sich gestern mit mir unterhalten. Sie kam dazu, als ich mit ihrem Vater sprach, und ließ sich von mir einen neuen Motor vorführen. Schließlich setzte sie sich neben mich, um mit mir zusammen eine Probefahrt zu machen. Und dann bat sie mich, sie gleich nach Hause zu fahren. Sie habe ihren Chauffeur weggeschickt. Die Wohnung von Mister Stemberg liegt im vornehmsten Teil New Yorks. Als ich vor dem Haus ihres Vaters anhielt und sie ausstieg, reichte sie mir die Hand.

›Mister Rutland, es war eine ausgezeichnete Fahrt‹, sagte sie lachend. ›Sie sind kein Einfahrer, Sie sind ein Gentleman. Sie haben sehr interessant mit mir geplaudert, dafür bekommen Sie Shakehands von mir. Ich bleibe nichts schuldig. Good bye!‹ Sie nickte mir zu und verschwand. Und ich, Traude, sah wie verzaubert hinter ihr her – nicht nur, weil sie ein schönes, entzückendes Geschöpf ist, sondern weil sie sich so menschlich mit einem Angestellten ihres Vaters unterhielt und ihm die Hand gereicht hatte. Vor allen Dingen aber – weil sie deutsch mit mir sprach. Wer sie kennt, ist begeistert von ihr. ›Miß Maud ist die schönste und beste Lady von New York‹, sagte ein kleiner Boy, der den Fahrstuhl bedient.

Und was sage ich? Ich weiß es nicht, Schwesterherz, weiß nur, daß ich sehnsüchtig nach ihr Ausschau halte – ich hoffe, daß sie wieder deutsch mit mir spricht. Aber, ich rede immerzu von Miß Maud Stemberg und habe doch noch anderes mit Dir zu besprechen. Also, Du willst nichts von mir annehmen und auch Deinem Bruder nicht verpflichtet sein. Das lasse ich mir einfach nicht gefallen. Ich sende Dir heute erst einmal einige Dollars. Die kann ich jetzt sehr gut entbehren, und für Dich ist es immerhin so viel, um Dich ein wenig flottzumachen. Ich möchte, daß Du Dir für das Geld einen warmen Wintermantel kaufst. Dazu wird es reichen und auch noch für einige Tafeln Schokolade, die Du doch immer so gern gemocht hast. Betrachte die Dollars als Geburtstagsgeschenk. Du bist nun mündig, und Onkel Karsten kann Dich nicht mehr festhalten, wenn Du Dich nicht festhalten lassen willst. Ich denke, Du kommst nach New York herüber, sobald ich das Reisegeld zusammen habe. Du brauchst mir gar nicht auf der

Tasche zu liegen, Traude, hier findet sich auch etwas für Dich, wo Du verdienen kannst. Laß mich nur sondieren. Und schreib mir bald, für das nötige Porto sorge ich schon. Ich freue mich so sehr, wenn ich von Dir höre.

Sei herzlich und innig gegrüßt von Deinem

Bruder Heinz.«

Traude Karsten hatte diesen Brief ihres Bruders immer wieder durchgelesen. Und einige Tage später, an ihrem Geburtstag, traf das Geld ein. Über diese Geldsendung gab es große Aufregung, Onkel und Tante konnten es nicht fassen, daß »der Chauffeur« seiner Schwester ein Geburtstagsgeschenk in solcher Höhe machen konnte.

Traude sah ihr armseliges Wintermäntelchen an. Es sah freilich sehr fadenscheinig aus, und sie konnte einen neuen Mantel gut gebrauchen.

Sie beschloß, gleich auszugehen und sich Stoff für einen Mantel zu kaufen. Nähen wollte sie ihn selbst, dann bekam sie etwas Solides, und es wurde billiger. Sie teilte Tante Agathe ihren Entschluß mit. Diese atmete tief auf.

»Ich kann dich heute nicht begleiten, Traude, du weißt, daß ich mir den Fuß verletzt habe. Warte ein paar Tage, bis ich mitgehen kann.«

Aber Traude fieberte danach, einmal allein einkaufen zu können und nach eigenem Geschmack. Es war ihr einundzwanzigster Geburtstag, und sie fühlte einen Drang nach Selbständigkeit. So war sie froh, daß Tante sie nicht begleiten konnte.

»Ich möchte lieber heute gehen, Tante Agathe, die Preise steigen täglich, und was ich haben möchte, kostet morgen vielleicht mehr.«

Also machte sich Traude auf den Weg, nachdem sie pflichtgetreu ihre Arbeit beendet hatte. Sie trug ein hübsches, von ihr selbst gefertigtes Kostüm von dunkelgrauer Farbe. Es sah gediegen und vornehm aus. Traude war eine von den Frauen, bei denen auch der schlichteste Anzug elegant wirkte.

In einem renommierten Geschäft erstand sie einen schönen flockigen Wollstoff, nachdem sie den Schreck über die hohen Preise überwunden hatte. Mit ihren Schätzen beladen, machte sie sich auf den Heimweg, wartete auf die Straßenbahn. In diesem Augenblick fuhr ein Auto so schnell um die Ecke, daß sich Traude, von dem Auto gestreift, nur durch einen Sprung retten konnte, wobei sie ihre Pakete verlor. Der Insasse des Autos hatte das bemerkt. Er ließ sofort anhalten, sprang aus dem Wagen und hob Traudes Pakete auf. Sie waren auf der feuchten Straße schmutzig geworden.

»Ich bin untröstlich, gnädiges Fräulein, daß mein ungeschickter Chauffeur Sie angestoßen hat. Sind Sie verletzt?« fragte der Fremde besorgt.

Traude hatte ihren Schreck schnell überwunden, und wenn sie auch ein wenig bleich geworden war, lächelte sie doch schon wieder. »Es war nicht schlimm, und Ihren Chauffeur trifft keine Schuld. Ich war unachtsam, weil ich nach der Straßenbahn Ausschau hielt.«

Der etwa in der Mitte der Dreißig stehende Herr konnte seine Augen nicht von Traude losreißen. Dies feingeschnittene Gesicht mit dem klaren Teint, das von leicht gelocktem Haar umrahmt war, entzückte ihn. Und noch mehr entzückte ihn das reizende Lächeln. Er sah sie an wie hypnotisiert.

In dem Moment kam die Straßenbahn, sie war aber

völlig besetzt. Für Traude war kein Platz, sie mußte auf die nächste warten.

Der Fremde blickte auf ihre beschmutzten Pakete hinab und richtete sich entschlossen auf.

»Gnädiges Fräulein, mit diesen schmutzigen Paketen kann ich Sie unmöglich gehen lassen.« Er legte ihre Pakete einfach in seinen Wagen und öffnete den Schlag. »Bitte, steigen Sie ein. Mein Chauffeur wird Sie nach Hause fahren. Ich bin gleich am Ziel und kann die wenigen Schritte gehen.«

Traude sah unschlüssig auf ihre Pakete, die schon im Wagen verstaut waren. Der junge Herr sah sie mit seinen grauen, auffallend hell leuchtenden Augen bittend an.

»Ich weiß nicht, ob ich das annehmen darf, mein Herr.«

»Darüber besteht doch kein Zweifel. Wie soll ich sonst die Ungeschicklichkeit meines Chauffeurs gutmachen? Bitte, steigen Sie ein, wenn Sie mich nicht tief beschämen wollen.«

Er sprach so korrekt deutsch, daß sie annahm, er müsse Amerikaner oder Engländer sein. Er dankte ihr mit einer Verbeugung, daß sie seinen Wunsch erfüllte. Dann wandte er sich an den Chauffeur.

»Sie fahren die Dame nach Hause und holen mich dann bei Schwäb und Kompanie ab. – Bitte, Ihre Adresse, gnädiges Fräulein.«

»Goethestraße 20«, sagte Traude, noch immer unschlüssig und beklommen.

Er trat mit einer tiefen Verbeugung zurück und sah dem Wagen nach. Dann ging er, in tiefe Gedanken verloren, weiter.

Traude saß inzwischen mit gemischten Gefühlen in

dem Auto. Schön war so eine Autofahrt, wenn es auch nur ein Mietauto war, in dem sie saß. Sie dachte bei sich, wie teuer so eine Fahrt wohl sein mochte. Sicher kostete sie viel Geld.

Jäh stieg ihr Röte ins Gesicht. Du lieber Himmel! Sie konnte sich doch von dem Fremden nichts schenken lassen. Wie hatte sie nur einsteigen können? Freilich – er hatte ihr keine Wahl gelassen, ihre Pakete lagen im Wagen, ehe sie es sich versah.

Das Herz klopfte ihr, wenn sie an seine Augen, seinen Blick dachte, der sich so tief in die ihren gesenkt hatte. Sie wußte, diese Augen, diesen Blick würde sie nie vergessen – niemals. –

Mußte sie nicht dem Chauffeur die Fahrt bezahlen? Was mochte sie kosten? Verstohlen zählte sie ihre Barschaft nach. O ja – das reichte auf alle Fälle. Hin- und hergerissen sah sie immer wieder begeistert um sich. Das war ein herrlicher Geburtstag – so anders als andere Tage! Sie hatte einkaufen können, als sei sie reich, hatte noch so viel Geld in ihrer Handtasche, wie sie lange, lange nicht mehr besessen hatte. Und nun fuhr sie auch noch im Auto – nach der interessanten Begegnung mit dem Fremden. Wenn aber Onkel und Tante sie im Auto kommen sahen, gab es einen Aufstand, das war sicher. Und wenn sie ihnen erzählte, daß ein fremder Mann sie habe nach Hause fahren lassen, dann gab es Vorwürfe – ganz gewiß. Doch was tat es – schön war dieser Tag doch!

Gleich darauf bog der Wagen in die bescheidene Goethestraße ein und hielt vor dem Haus, in dem Geheimrat Karsten wohnte. Traude sah zu den Fenstern empor. Richtig, Tante Agathe saß hinter der Gardine und starrte mit ungläubigen Augen auf sie herab.

Ehe Traude ihre Pakete an sich nahm, trat sie an den Chauffeur heran. »Was habe ich zu zahlen?« fragte sie und erwartete herzklopfend den Bescheid.

»Ich bin von dem amerikanischen Herrn für den ganzen Tag engagiert, und er hat mir befohlen, das gnädige Fräulein nach Hause zu fahren. Also habe ich in seinen Diensten gestanden und nichts zu verlangen.«

»Der Herr ist Amerikaner?«

»Jawohl. Ich stehe ihm schon seit Wochen zur Verfügung.«

»Es ist mir so peinlich, daß Sie keine Bezahlung annehmen.«

»Na, darüber machen Sie sich besser kein Kopfzerbrechen. Der Amerikaner scheint viele Dollars zu haben, dem macht das nichts aus. Und ob ich eine Stunde auf ihn warte oder Sie nach Hause fahre, ist ganz gleich.«

Traude atmete auf und reichte dem Chauffeur etwas Geld. »Dann nehmen Sie wenigstens als Trinkgeld, was ich für die Straßenbahn hätte zahlen müssen. Und bitte, sagen Sie dem Herrn, daß ich nochmals danken lasse.«

»Das werde ich bestellen. Soll ich Ihnen die Pakete ins Haus tragen, weil sie schmutzig geworden sind?«

»Nein – danke, das Papier ist schon trocken, es macht nichts.« Traude nahm ihre Pakete und ging ins Haus. Gar zu gern hätte sie den Chauffeur gefragt, ob er den Namen des Amerikaners wisse, aber sie wagte es nicht.

Aufatmend stieg sie die Treppe empor. Tante Agathe stand schon an der geöffneten Wohnungstür. Ihr Gesicht war ein einziges großes Fragezeichen. Dann aber kam es in überstürzter Hast aus ihrem Munde:

»Traude, du bist wohl nicht bei Trost? Im Auto zu fahren ist doch ein sträflicher Leichtsinn.«

Während sie das hervorstieß, war ihr Mann auf den Korridor getreten.

»Ich muß Tante recht geben, es ist sträflicher Leichtsinn – du hast wohl ein Vermögen bezahlen müssen?« fragte der Onkel mit strafender Miene.

Traude mußte nun doch lachen, sie konnte sich nicht helfen. »Das Auto hat nichts gekostet, Onkel, nur ein Trinkgeld für den Chauffeur.«

»Was soll das heißen?«

Doch Traude war nicht aus ihrer Geburtstagsstimmung zu bringen.

»Ein Prinz ist dem armen Aschenbrödel begegnet und hat es in seinem goldenen Wagen heimfahren lassen. Ich bin wirklich umsonst im Auto nach Hause gefahren. Der Prinz war ein Dollarfürst oder was weiß ich, und er hat mich ganz dringend gebeten, seinen Wagen zu nehmen. Ist das nicht wie ein Märchen?«

»Mir scheint, du willst ungehörige Scherze mit uns treiben«, schalt Tante Agathe.

»Komm herein und erklär uns das«, gebot der Onkel.

Traude nahm ihre Pakete und folgte ihm. Im Wohnzimmer legte sie diese auf den Tisch und erzählte von ihrem kleinen Unfall und der Ritterlichkeit des Amerikaners.

Tante Agathe war außer sich. »Ich bitte dich, Traude, wie konntest du nur? Wenn das ein Bekannter beobachtet hätte, daß du dich mit einem fremden Herrn unterhältst, gar in seinem Wagen davonfährst! Ich hatte doch gleich so eine Ahnung, als dürfe ich dich nicht allein fortgehen lassen.«

»Es ist keinesfalls korrekt gewesen, daß du von einem Fremden eine solche Gefälligkeit angenommen hast;

sagte der Onkel salbungsvoll. »Ich muß dich sehr tadeln, Traude. Wir müssen froh sein, daß er dir nie mehr begegnen wird. Das ist der einzige Trost.«

Traude fand es durchaus nicht tröstlich, daß sie ihren Märchenprinzen nie wiedersehen würde. Sie hätte es nur zu gern getan.

Sie dachte nur, wie eng begrenzt der Horizont der Alten doch war, daß sie aus solch geringem Anlaß so viel Worte machten. Seufzend atmete sie auf, als der Sturm sich gelegt hatte, und Tante Agathe sagte:

»Nun zeig nur, was du gekauft hast.«

Traude packte den Mantelstoff aus und auch ihre anderen kleinen Einkäufe. Natürlich fand nichts den Beifall der alten Dame. Sie behauptete, daß sie alles billiger und besser eingekauft hätte.

»Wieviel hast du denn um Gottes willen ausgegeben?« fragte sie.

Traude zeigte, was sie noch besaß. Nun ging ein neues Lamento los. Der Onkel zog sein Gesicht von neuem in strenge Falten.

»Es ist unglaublich, Traude. Gib mir den Rest in Verwahrung.«

»Nein, Onkel, das Geld behalte ich. Ich will auch einmal das Gefühl haben, etwas Geld zu besitzen. Ich bin doch kein Kind mehr. Hätte ich einen billigeren Stoff gekauft, hätte er nicht lange gehalten. Solides war nicht billiger zu haben.«

»So – und die Schokolade? Mußtest du gleich zwei Tafeln davon kaufen?«

»Die eine Tafel ist für Tante Agathe bestimmt – und dies ist ein Päckchen Tabak für dich. Eine kleine Freude wollte ich euch doch auch gern machen.« Dann wurde

Traude ungeduldig und rief: »Ich bitte euch, hört endlich auf zu schelten, ich kann es nicht länger anhören!«

Da sahen sie die beiden an, als hätte sie etwas Furchtbares gesagt.

»Ist das der Dank für alles, was wir für dich getan haben?« fragte Tante Agathe empört.

Traudes Lippen zuckten. »Verzeiht, daß ich ungeduldig wurde, aber schließlich ist heute mein Geburtstag – mein einundzwanzigster –, und ich möchte an diesem Tag gern auch etwas anderes hören als nur Vorwürfe. Warum laßt ihr mich nicht fort?«

»Weil du eine Karsten bist und nicht in der Welt herumstreichen kannst. Das verpflichtet dich. Womit willst du denn dein Brot verdienen? Es gibt für eine Dame aus unseren Kreisen nur zwei Berufe, die sie ergreifen kann, den einer Gesellschafterin oder den einer Krankenpflegerin.«

»Onkel, dazu hätte ich keine Lust und keine Begabung. Ich könnte Menschen, die ich liebe, mit der größten Aufopferung pflegen, aber nicht Fremde, die mir gleichgültig sind.«

»Nun also, was willst du sonst tun?«

Traude schwieg. Aber sie hatte sich endgültig vorgenommen, sich aus diesen Feseln zu lösen.

Es war zwei Tage später. Traude hatte, nachdem Onkel und Tante den üblichen Spaziergang angetreten hatten, Zeit gefunden, die Zeitung durchzusehen.

Heute blieb ihr Blick wie hypnotisiert auf einer großen fettgedruckten Annonce haften, die folgenden Inhalt hatte:

»Gesucht wird junges, gebildetes Mädchen aus guter

Familie, das geneigt ist, als Begleiterin einer Dame, Deutsche von Geburt, nach Südamerika zu gehen. Die Bewerberinnen müssen alle Fertigkeiten einer geschickten Zofe haben, gewandt und sicher im Auftreten sein. Sprachkenntnisse, hauptsächlich in Englisch und Spanisch, erwünscht, doch nicht Bedingung. Alter Anfang Zwanzig. Auf sympathisches angenehmes Äußeres wird Wert gelegt. Hohes Gehalt, freie Reise und anständige Behandlung werden zugesichert. Bedingung: Tadellose Umgangsformen und gute Erziehung. Schriftliche Offerten an Señora Guarda, Grand-Hotel.«

Traude starrte auf dies Inserat. Das war eine Stellung wie für sie geschaffen. Und daß es ins Ausland, nach Südamerika gehen sollte, war ihr gerade recht.

Es schien sich um eine Stellung bei einer vornehmen Dame zu handeln. Onkel und Tante würden natürlich außer sich sein. Eine Karsten – und Zofe! – Kurz entschlossen setzte sich Traude zum Schreiben nieder.

»Sehr geehrte, gnädige Frau!

Bezugnehmend auf Ihr Inserat in der heutigen Zeitung erlaube ich mir, Ihnen meine Dienste anzubieten. Ich bin einundzwanzig Jahre, gesund und kräftig, bin imstande, elegante Damengarderobe in Ordnung zu halten, eventuell auch anzufertigen. Frisieren kann ich auch. In der englischen und französischen Sprache kann ich mich geläufig ausdrücken, in der spanischen leider nicht. Ich habe die übliche höhere Töchterschulbildung erhalten. Daß ich mich vor keiner ehrlichen Arbeit scheue, möchte ich besonders betonen. In Stellung war ich noch nicht. Ich bin Waise, lebe im Hause meines Onkels, eines pensionierten höheren Beamten, und bin von dem Wunsch durchdrungen, auf eigenen Füßen zu stehen, um meinen Verwandten die Sorge um mich abzunehmen. Wenn Sie mich engagieren wollen, werde ich mir die größte Mühe geben, Sie zufriedenzustellen, und würde Ihnen sehr dankbar sein. Jederzeit bin ich bereit, mich Ihnen persönlich vorzustellen.

Mit vorzüglicher Hochachtung
Traude Karsten.«

Aufatmend las Traude noch einmal durch, was sie geschrieben hatte. Es gefiel ihr gar nicht. Aber bei der Wahrheit mußte sie bleiben. Und so ließ sie den Brief, wie er war, und schickte ihn ab.

Voll Unruhe wartete sie fortan auf Antwort. Und schon am übernächsten Morgen überreichte ihr der Briefträger, dem sie jetzt bei jeder Post auflauerte, ein Schreiben, und sie las es erst, als sie in ihrem Stübchen war. Das Schreiben lautete:

»Sehr geehrtes Fräulein! Bitte suchen Sie mich morgen nachmittag zwischen fünf und sechs Uhr im Hotel auf. Wir können uns dann darüber klarwerden, ob Sie für den Posten geeignet sind. Ich mache Sie aber darauf aufmerksam, daß Sie sich mindestens für zwei Jahre verpflichten müssen. Wenn Sie das nicht wollen, hat Ihr Besuch keinen Zweck. Hochachtungsvoll

Señora Guarda.«

Der Brief bebte in Traudes Händen. Sie war entschlossen, die Señora aufzusuchen, und doch klopfte ihr das Herz, als habe sie Böses vor. Sie mußte energisch gegen dies Gefühl zu Felde ziehen. Daß sie zwischen fünf und sechs Uhr bei der Señora sein sollte, war ihr angenehm. Um diese Zeit waren Onkel und Tante nicht daheim.

Voll Unruhe wartete sie an diesem Tag, daß Onkel und Tante sich entfernen möchten.

Endlich war sie allein und machte sich schnell zum Ausgang fertig. Dann eilte sie davon, bestieg die Straßenbahn und fuhr bis zum Hotel. Als sie, ein wenig zaghaft, die Empfangshalle betrat, zuckte sie betroffen zusammen; denn hier saß in einem Sessel der Amerikaner, der sie in seinem Auto hatte nach Hause fahren lassen. Ein glühendes Rot schoß in ihre Wangen, als sie seinen Augen begegnete.

Er sprang auf und grüßte sie mit einer artigen Verbeugung. Traude neigte leicht das Haupt und wandte sich hastig an die Auskunftsstelle.

Sie fragte nach Señora Guarda. Als sie neben dem Liftboy den Lift betrat, sah sie sich verstohlen noch einmal nach dem Fremden um. Er stand immer noch auf derselben Stelle und sah ihr mit einem sinnenden Ausdruck nach.

Während Traude im Lift nach oben fuhr, trat der Fremde an die Rezeption.

»Wohnt die junge Dame, die soeben hinauffuhr, hier im Hotel?« fragte er.

»Nein, Mister Stemberg, sie hat nach Señora Guarda gefragt.«

Es blitzte in Stembergs Augen auf. »Oh – ein Besuch für meine Tante?«

Er nickte dankend und ließ sich in einem der Sessel nieder, anscheinend fest entschlossen, hier zu warten, bis die junge Dame wieder herabkam.

Es war also vom Schicksal beschlossen, daß ich sie

wiedersehen soll, dachte er. Man darf solche Schicksalswinke nicht außer acht lassen. Ich werde jedenfalls noch einmal mit ihr sprechen, ehe sie das Hotel verläßt. Tante Elisa wird mir verraten, wie sie heißt.

Traude war inzwischen von dem Liftboy an eine Tür geführt worden. Er klopfte an, und gleich darauf erschien eine etwa dreißigjährige Frau in einem hübschen schwarzen Kleid.

Traude zeigte auf den Brief der Señora.

»Sie sind Fräulein Karsten?«

»Ja, so ist mein Name.«

»Dann, bitte, treten Sie ein, die Señora erwartet Sie.«

Traude hatte ihr Erstaunen bemerkt. Sie ahnte nicht, daß sie trotz ihres schlichten Kostüms nicht wie eine Stellungsuchende aussah.

Gleich darauf stand sie in einem großen, eleganten Hotelsalon.

In einem Sessel am Fenster saß eine grauhaarige Dame, etwa Mitte Fünfzig. Sie trug ein elegant und sehr eigenartig gearbeitetes Kleid aus weicher schwarzer Seide. Es war bis zum Hals hinauf geschlossen und hatte lange, fest anliegende Ärmel, die über den Handrücken in einer Spitze ausliefen. Es war Señora Guarda. Daß sie einst eine große Schönheit gewesen war, das sah man ihr heute noch an.

»Fräulein Traude Karsten?« fragte sie mit einer angenehmen, voll und weich klingenden Stimme.

»Ja, Señora.«

»Bitte, kommen Sie doch näher und nehmen Sie Platz.«

Damit deutete die Señora auf einen Sessel, der ihr gegenüberstand. Traude ließ sich nieder und sah herzklopfend auf die imponierende alte Dame. Diese ließ ihre Augen eine Weile prüfend auf Traudes beleuchtetem Antlitz ruhen, und dann sagte sie lächelnd:

»Sie sind sehr hübsch, Fräulein Karsten. Bitte – Sie brauchen nicht rot zu werden, wenn Ihnen eine alte Frau das sagt. Schönheit ist ja schließlich etwas, wofür man nichts kann. Wenn ich Sie schön finde, so ist das ein Kompliment für den lieben Gott, der Sie so erschaffen hat.«

»So fasse ich es auch auf, gnädige Frau – verzeihen Sie – Señora. Mir ist diese Anrede nicht geläufig.«

»Aber sie ist so einfach wie ›gnädige Frau‹. Ohne lange Umschweife möchte ich Ihnen sagen: Sie gefallen mir, Fräulein Karsten. Ich liebe schöne Menschen, sie sind eine Wohltat für die Augen. Aber ich möchte Sie nun bitten, mir ein wenig ausführlicher über Ihre Verhältnisse zu berichten. Sie sind Waise?«

»Ja, Señora, seit meinem sechzehnten Jahr. Meine Eltern starben kurz hintereinander – das heißt, meine Mutter und mein Stiefvater; denn meinen eigenen Vater habe ich gar nicht gekannt. Er fiel im Krieg, ehe ich geboren wurde, und ließ meine Mutter in sehr beschränkten Verhältnissen zurück. Sie heiratete zum zweiten Mal. Mein Stiefvater war Beamter im Ministerium. Ich wuchs in einer Atmosphäre auf, in der man die Töchter sozusagen nur als Schmuckstück betrachtet. Für einen ernsten Lebenskampf, eine ernste Aufgabe, wurde ich nicht erzogen. Ich stand, als ich sechzehn Jahre alt war, dem Leben hilflos gegenüber, da ich kein Vermögen besaß. Ein Bruder meines Vaters, der Geheimrat Karsten, nahm mich in sein Haus auf, obwohl er selbst nicht mit Glücksgütern gesegnet ist. Ich – ich aß dort das

Gnadenbrot. Oft habe ich gebeten, er möge mich etwas lernen lassen, womit ich mir selbst mein Brot verdienen konnte. Er litt es nicht. Meine Verwandten wurzeln mit ihrer Anschauungsweise noch in der alten Zeit.«

»Sie aber haben sich von diesen Vorurteilen freigemacht?«

»Ja, Señora, für mich gibt es nur ein Ziel, mir durch ehrliche Arbeit eine Lebensberechtigung zu schaffen. Ich will und muß mich freimachen von dem Dasein, das ich führe. Jetzt darf um Gottes willen kein Mensch merken, daß ich ehrlich abarbeite, was man mir Gutes tut. Könnte ich nicht wenigstens das, müßte ich ersticken unter der Last der Dankbarkeit, die man von mir verlangt.«

Das kam mit einer impulsiven Heftigkeit über Traudes Lippen.

»Weiß Ihr Onkel Geheimrat, daß Sie sich um die Stellung bei mir bemühen?«

»Nein – er würde es nie erlauben, weil er mein Vormund war. Aber seit einigen Tagen bin ich mündig, und nun darf mich nichts mehr halten.«

»Sie schreckt es also nicht, die Stellung anzunehmen, die ich zu vergeben habe? Es ist die Stellung einer Kammerzofe.«

Eine leichte Röte huschte über Traudes Gesicht.

»Es darf und wird mich nicht schrecken, Señora. Ich habe zuwenig gelernt, um eine andere Stellung beanspruchen zu können. Ehrliche Arbeit kann keinen Menschen herabsetzen – und arbeiten will ich.«

In den Augen der Señora lagen warme Teilnahme und starkes Interesse.

»Aber – was wird Ihr Onkel dazu sagen?«

Traude wurde blaß. Aber sie erwiderte entschlossen:

»Es wird einen Kampf geben, aber den muß ich überstehen. Einfluß auf meine Entschlüsse kann er nicht mehr ausüben, da ich mündig bin.«

»Sie sind sehr tapfer.«

»Es sieht nur so aus, Señora. Ein wenig fürchte ich mich vor der Auseinandersetzung mit meinen Verwandten. Aber wenn Sie mich engagieren, würde ich das freudig auf mich nehmen.«

»Glauben Sie denn, daß Sie bei mir eine Stellung finden, die Sie befriedigen wird?«

»Ich weiß nur, daß ich für jeden Weg dankbar sein werde, der mich aus meinem unglücklichen Dasein herausführt. Mein Bruder, der sich sehr um mich sorgt, hat mir geschrieben, ich möge noch Geduld haben, bis er mir helfen kann. Aber ich habe ihn zu lieb, als daß ich mich ihm, der ebenfalls schwer zu kämpfen hat, als Klotz ans Bein hängen möchte. Er war Offizier und hat den Krieg mitgemacht – bis zum Ende. Etwas später wurde er entlassen, wie viele. Mühsam hat er sich durchs Dasein gekämpft, ohne in Deutschland eine Existenz finden zu können. Er war so ungefähr in der gleichen Lage wie ich. Für einen anderen Beruf hatte er nicht die nötige Vorbildung. Obwohl er von früh bis spät gearbeitet hat, um vieles nachzuholen, bekam er keine gute Stelle und mußte von der Hand in den Mund leben. Dem Hangen und Bangen hat er dann kurz entschlossen ein Ende gemacht, indem er eine ihm angebotene Stellung im Ausland annahm. Er ist in Amerika, verdient mehr Geld, als er hier in einer standesgemäßen Stellung hätte verdienen können, und will nun das Reisegeld für mich sparen, damit ich zu ihm kommen kann. Er schrieb mir, was er verdiene, reiche für uns beide aus. So tapfer, wie er war, will ich auch sein. Und deshalb würde ich mich keinen Augenblick bedenken, als Kammerzofe in Ihre Dienste zu treten.«

»Was wird er dazu sagen?«

Ein liebes Lächeln flog über Traudes Gesicht.

»Ein wenig erschrecken wird er schon, denn er hat mich sehr lieb und möchte mich vor allem Schweren beschützen. Wenn ich ihm aber berichten kann, daß ich zufrieden bin, so wird er es auch sein.«

»Sie scheinen in einem sehr schönen geschwisterlichen Verhältnis zu stehen«, sagte die Señora, immer mehr von Traudes ganzer Art bezaubert.

»Wir zwei sind uns so ziemlich alles auf der Welt. Er schrieb mir kürzlich: Du bist meine Heimat. Und ich kann wohl auch sagen, daß mein Bruder meine Heimat ist. In ihm wurzelt alles, was mir das Leben lieb macht.«

Señora Guarda seufzte und sah gedankenverloren vor sich hin. Dann richtete sie sich auf.

»Fräulein Karsten, wenn sich uns nur ein Mensch ganz zuwendet mit seiner Liebe, dann sind wir reich«, sagte sie traurig.

Teilnahmsvoll blickte Traude in ihr Gesicht, auf dem ein Ausdruck großen Kummers lag.

»Señora, Sie scheinen mir so beneidenswert.«

»Es scheint nur so – ich bin viel einsamer und unglücklicher als Sie, denn außer einigen mir fernstehenden Verwandten, die mir lieb sind, besitze ich keinen Menschen, der zu mir gehört. Diese Verwandten sind nur durch meinen verstorbenen Gatten mit mir verbunden. Aber damit will ich Sie nicht aufhalten, bevor wir uns klar sind. Vielleicht erzähle ich Ihnen nachher etwas von mir, wie Sie mir ja mancherlei von sich erzählt haben. Erst will ich Ihnen sagen, daß Sie mir so gut gefallen, daß ich entschlossen bin, Sie zu engagieren.«

»Señora – wie soll ich Ihnen danken?«

»Dafür, daß ich Sie zur Kammerzofe deklassieren will?«

»Ich betrachte es nicht als Deklassierung, wenn ich mir mein Brot ehrlich verdienen kann.«

»Sie haben ganz recht. Es war auch nur ein Scherz, Sie tapferes kleines Mädchen. Ich habe es mir überlegt: Sie sollen ja nicht als Kammerzofe bei mir bleiben – ich möchte Sie als Gesellschafterin engagieren. Etwas an Ihrem Schicksal erinnert mich nämlich an das meine.

Meine Jugend verlief ganz ähnlich wie die Ihre. Aber ich machte mich noch etwas wirkungsvoller frei als Sie: Ich ging einfach zur Bühne, schlicht als Choristin, weil es zu mehr nicht langte. Meine Verwandten, bei denen ich Unterkunft gefunden hatte, zeterten schrecklich über mein Beginnen. Aber ich hungerte und kämpfte mich durch. Ein alter Sänger – bei Gott der edelste, uneigennützigste Mensch, den ich je kennengelernt habe! – gab mir, da er von meiner Stimme entzückt war, Gesangsunterricht. Und eines Tages entdeckte mich der Direktor unserer Oper. Eine launenhafte Primadonna hatte ihn in die größte Verlegenheit gebracht – sie wollte nicht singen. Mein alter Freund und Lehrer riet dem Direktor, mich in dieser großen Rolle herauszustellen, die er mit mir oft genug durchstudiert hatte. Ich nahm all meinen Mut zusammen und sang am Abend die große Solopartie. Ich stieg überraschend schnell auf, und mein Weg war gemacht, mein Stern ging auf.

Aber ehe ich mich noch zur vollen Blüte entfaltet hatte, lernte ich meinen ersten Mann kennen. Er gehörte der

Sphäre an, aus der ich geflohen war. Doch ich liebte ihn – und wurde seine Frau. Ich hätte es nicht tun sollen, denn in den Kreisen, in die ich nun zurückkehrte, eckte ich überall an, und nur zu bald erkannte ich auch in meinem Mann einen engherzigen, nur den Schein wahrenden Pedanten. Mein alter Freund und Lehrer, der unglücklich darüber war, daß ich meiner Kunst entsagt hatte, besuchte mich eines Tages. Damals war schon mein Sohn geboren, den ich sehr liebte. Ich zeigte ihn meinem alten Freund und sagte stolz: Dieser wird mich für alles entschädigen. Gleich darauf kam mein Mann – er begrüßte meinen alten Lehrer, dem ich so viel Dank schuldete, wie einen lästigen Besucher und verlangte von mir, ich solle mich verleugnen lassen, wenn er wiederkäme. Es sei nicht nötig, die Leute daran zu erinnern, daß ich bei der Bühne gewesen sei.

Das verletzte mich tief. Ich hatte wahrlich viel aufgegeben für meine Liebe, und nun zeigte mir der Mann, für den ich dieses Opfer gebracht hatte, daß er sich meiner schämte – weil ich Sängerin gewesen war. Von diesem Tag an trat eine Entfremdung zwischen uns ein. Ich sah ihn nun mit all seinen Fehlern und Schwächen. Sehr geduldig bin ich nie gewesen – ich empfing meinen alten Freund und Lehrer erst recht, musizierte mit ihm und freute mich meiner Stimme, die sich täglich herrlicher entfaltete. Und der Kreis, in den ich durch meine Heirat zurückgekehrt war, erschien mir bedrückender als je. Ich fühlte mich unglücklich in dieser Umgebung, und die Sehnsucht, in meiner Kunst Großes zu leisten, wurde von Tag zu Tag stärker. Mein Sohn war noch zu klein, um mir Halt und Trost zu sein.

Eines Abends erwachte der Trotz gegen die engherzige Bevormundung meines Mannes. Ich war mit meinem alten Lehrer in die Oper gegangen. Die Sängerin der Titelrolle hatte sich erkältet, und die Vorstellung sollte abgesagt werden. Da erbot ich mich ohne langes Besinnen, einzuspringen. Ich habe wohl nie wieder so gesungen und gespielt wie an diesem Abend. Der Erfolg war überwältigend. Das Publikum brachte mir stürmische Ovationen dar. Ich trat noch einmal in dieser Rolle auf – und als ich von der zweiten Vorstellung heimkam, war mir das Haus meines Mannes verschlossen. Ich sei gegen seinen Willen aufgetreten, hätte seinen Namen an den Pranger gestellt, er sei fertig mit mir, schrieb er mir mit kalten Worten in einem Brief. Ich verlangte nach meinem Sohn – man verweigerte mir seinen Anblick. Sehen Sie, Fräulein Karsten, damals habe ich kennengelernt, was engstirniger Kastengeist ist.

Unsere Ehe wurde geschieden – mein Sohn wurde mir genommen, weil ich gegen den Willen meines Mannes zur Bühne zurückgekehrt war. Ich war nun wieder Sängerin, wurde gefeiert und umschwärmt, aber die Sehnsucht nach meinem Sohn ließ mich keine Ruhe finden. Was habe ich nicht alles versucht, ihn mir zurückzuerobern! Mein Mann blieb erbarmungslos. Ich hatte ihn zu sehr in seiner Eigenliebe gekränkt; er wolle seinen Sohn nicht in einer Umgebung aufwachsen lassen, die er haßte, ließ er mir mitteilen.

Ich konnte es nicht ertragen, meinen Sohn nur immer auf Stunden zu sehen und mich dann wieder von ihm zu trennen. Deshalb nahm ich ein glänzendes Engagement nach New York an. Es war ein Triumphzug für mich: In Glanz und Erfolg erstickte ich die Sehnsucht nach meinem Kind.

Nach einigen Jahren erfaßte eine neue Neigung mein vereinsamtes Herz. Ich lernte in New York Señor Guarda kennen, der von Uruguay nach New York gekommen war, um Verwandte zu besuchen. Er war ein sehr reicher, großherziger Mann. In Uruguay besaß er riesige Ländereien und Viehzüchtereien, in Montevideo, wo er seinen Wohnsitz hatte, Fabriken, wo Fleischextrakt, Büchsenfleisch und ähnliche Konserven hergestellt wurden. Er war Portugiese von Geburt und liebte mich und meine Kunst leidenschaftlich. Ich wurde seine Frau. Er gestattete mir, auch fernerhin als Sängerin aufzutreten, und begleitete mich jeden Abend in die Oper. Auch auf Gastspielreisen durch Amerika war er mein Beschützer, und zwischendurch verlebten wir friedliche Erholungstage in Montevideo.

Die Sehnsucht nach meinem Sohn verging erst, als ich zum zweiten Mal Mutter wurde und meinem Sohn Fernando das Leben gab. Wir hatten uns ganz nach Montevideo zurückgezogen, in eine herrliche Villa am Ufer des La Plata. In der Liebe zu Fernando fand mein Herz endlich Frieden. Mein Glück als Frau und Mutter war sehr groß. Unser Sohn gedieh und wuchs zu unserm Stolz, unsrer Freude. Wenn ich meinen Fernando umschlang, dann umarmte ich im Geist zugleich meinen erstgeborenen Sohn. Zuweilen riß doch die Sehnsucht nach ihm noch an meinem Herzen. Ich wußte nichts von ihm, nur daß er gesund und kräftig im Hause seines Vaters aufwuchs und es ihm gutging. Man hatte mein Andenken sicher nicht bei ihm gepflegt. Vielleicht wußte er gar nichts von mir.

Leichten Herzens verzichtete ich nun auf Lorbeeren und Erfolge – ich sang meine Lieder für meinen Mann, meinen Sohn und wenige gute Freunde. Mein Gemahl dankte es mir durch die treueste Liebe. So waren mir viele Jahre des Glücks beschert. Von meinem Sohn aus erster Ehe hörte ich durch deutsche Geschäftsfreunde meines Mannes das Nötigste. Er war Offizier geworden – gerade als der Krieg ausbrach.

Da wurde ich von neuem in Angst und Sorge versetzt. Ich fühlte wieder, daß nichts das Band zwischen Mutter und Kind zerreißen kann. Und es hat mich gequält, daß ich während des Krieges keine Nachricht von meinem Sohn erhielt. Als der Krieg zu Ende war und ich wieder Nachrichten aus Deutschland bekam, erfuhr ich, daß mein Mann aus erster Ehe im Krieg gefallen war. Über meinen Sohn konnte ich indes keinerlei Auskunft bekommen. Ich wußte nicht einmal, ob er aus dem Feld gesund und heil zurückgekehrt war. Und doch war meine Sehnsucht nach ihm stärker geworden als je. Da der Vater meines Sohnes nicht mehr trennend zwischen mir und ihm stehen konnte, fieberte ich danach, ihn endlich wiederzusehen. Mein Mann dem ich nichts verschwieg, machte mir den Vorschlag, mit mir nach Deutschland zu reisen, damit wir an Ort und Stelle Nachforschungen anstellen könnten. Es war im März, als wir uns zur Reise rüsteten. Aber – es sollte nicht dazu kommen. Wenige Tage vor unserer Abreise ertrank mein Sohn Fernando bei einer Segelfahrt – und –, als wir die Kunde von diesem Unglück erhielten, erlitt mein Mann einen Herzschlag. An einem Tag verlor ich meine beiden geliebten Menschen.«

Traude saß diesem Schmerz hilflos gegenüber und sah die Señora teilnahmsvoll an.

Diese fuhr nach einer Weile mit zitterndem Atem fort:

»Daß ich in jenen Tagen den Verstand nicht verlor, war ein Wunder. Gemütskrank bin ich lange, lange gewesen, völlig apathisch und zerbrochen, so daß ich für nichts mehr Sinn hatte als für die Gräber, die all mein Glück umschlossen. Nur langsam fand ich mich ins Leben zurück, und es gab gottlob Arbeit für mich, die mich von meinem Schmerz ablenkte. Der große Geschäftsbetrieb meines Mannes, sein Landgut und seine Viehzüchtereien – alles, was er hinterlassen hatte, brauchte, trotz tüchtiger Angestellter, eine oberste Geschäftsführung. Ich arbeitete mich mit verbissener Energie so weit ein, daß ich wenigstens den Überblick über alles bekam. Aber nun erwachte auch wieder stärker als je die Sehnsucht nach meinem Sohn aus erster Ehe. Wollte ich doch auch einen Erben haben für all meine Güter. Ich meinte, ich hätte es in meinem Herzen fühlen müssen, wenn er gestorben wäre.

Jetzt reiste ich also nach Deutschland. Ich wußte, daß ich um diese Zeit einen Verwandten meines Mannes antreffen würde. Er war Geschäfte halber von New York nach Deutschland gekommen. Mit ihm traf ich hier im Hotel zusammen. Aber – mein Hoffen wurde grausam zerstört; denn ich habe erfahren, daß mein Sohn nicht aus dem Krieg heimgekehrt ist. Man hat mir freilich seinen Tod nicht mit Bestimmtheit melden können – sein Name steht auf der Liste der Vermißten. Und – das ist wohl dasselbe. Da bleibt kaum ein Zweifel. –

So, Fräulein Karsten – nun habe ich Ihnen mein Schicksal erzählt. Ich bin sonst nicht so mitteilsam Fremden gegenüber. Aber ich habe Ihnen gegenüber nicht das Gefühl der Fremdheit. Woran mag das liegen? Ihre Augen verraten mir ehrliches Mitgefühl. Ich habe das

Empfinden, als sähe ich Sie heute nicht zum erstenmal, als müßten wir uns schon lange kennen. Nun – man soll über Gefühle nicht nachgrübeln. Sie wissen nun, daß ich eine einsame Frau bin und durchaus nicht zu beneiden.«

»Ja, Señora – Sie sind wirklich ärmer als ich, trotz Ihres Reichtums. Ich bedaure Sie von ganzem Herzen. Aber – vielleicht lebt Ihr Sohn aus erster Ehe doch noch. Viele, die auf der Vermißtenliste standen, sind wieder aufgetaucht.«

»Nein, nein – wecken Sie keine Hoffnungen mehr in mir. Ich muß mich damit abfinden. Wer so reich war an Liebe wie ich, fühlt sich doppelt arm, wenn er sie entbehren muß. Aber damit will ich Ihr junges Gemüt nicht belasten. Ich habe Ihnen das alles auch nur erzählt, weil mir so eigen wurde, als ich Sie sah, als ich Ihre Stimme hörte. Vielleicht ist es nur Ihr frischer Kampfesmut, der mich streift wie eine liebe Erinnerung an meine eigene Jugend. Jedenfalls freue ich mich, wenn Sie mit mir gehen wollen.«

Traude faßte impulsiv die Hand der alten Dame.

»Sie sind sehr gütig, Señora! Seien Sie versichert, daß mir nichts zu schwer werden soll, was ich für Sie tun kann.«

»Es ist gut, Fräulein Karsten, ich bin sicher, daß Sie meinen Anforderungen entsprechen. Und nun wollen wir die Gehaltsfrage und verschiedene Formalitäten erledigen.«

Mit klopfendem Herzen vernahm Traude, daß die Señora ihr ein für ihre Begriffe glänzendes Gehalt versprach. Sie sollte am ersten November bereits ihre Stellung antreten, also in einigen Tagen. Am achten

November wollte sich die Señora mit der »Cap Polonio« in Hamburg einschiffen.

»Ich bin viel auf Reisen, Fräulein Karsten, denn ich habe ausgedehnte geschäftliche Verbindungen und besitze auch in New York eine Filiale, von der aus unsere Erzeugnisse für Nordamerika vertrieben werden. Zuweilen muß ich da nach dem Rechten sehen und benutze die Gelegenheit immer dazu, die Verwandten meines Mannes zu besuchen, die in New York leben. Jedes Jahr gehe ich mindestens einmal nach New York. Da fällt mir ein – dabei würden Sie ja Gelegenheit haben, Ihren Bruder wiederzusehen.«

»Wenn Sie wüßten, was ich bei diesem Gedanken empfinde! Sie sind so gütig zu mir, wie außer meinen Eltern und meinem Bruder nie ein Mensch zu mir gewesen ist.«

Als sich Traude endlich verabschieden wollte, sagte die Señora:

»Da fällt mir noch ein: Ihr Herr Onkel wird mit geheimrätlicher Genauigkeit irgendwelche Garantien fordern, daß ich Sie auch in eine respektable Umgebung bringen werde. Schließlich ist es sogar seine Pflicht als Ihr Vormund. Bitte, sagen Sie ihm, daß er bei unserem Konsulat Erkundigungen nach Señora Guarda aus Montevideo einziehen soll. Er wird erschöpfende und zufriedenstellende Auskunft erhalten. Dies nur zu Ihrer Erleichterung für den Kampf mit Onkel und Tante. – Also, auf Wiedersehen am ersten November. Ich erwarte Sie vormittags gegen elf Uhr«, sagte sie.

Im Vorzimmer erwartete Traude ihre Vorgängerin, Fräulein Schwind. Sie sah Traude fragend an.

»Sind Sie engagiert, Fräulein Karsten?«

»Ja – Gott sei Dank.«

»Sie können auch Gott danken. Señora Guarda ist die Güte in Person.«

»Das habe ich auch schon bemerkt.«

»Nur eins möchte ich Ihnen noch sagen: Hüten Sie sich vor Rosita, der alten Kammerfrau der Señora. Sie hegt einen eifersüchtigen Haß gegen alles, was der Señora gefällt, und ist nicht wählerisch in ihren Mitteln, ihre Stellung zu behaupten. Zeigen Sie ihr gleich energisch die Zähne, damit sie sieht, daß Sie sich nichts gefallen lassen. Zum Glück weiß die Señora, daß Rosita in ihrer Eifersucht fast unzurechnungsfähig ist. Sie läßt niemand Unrecht geschehen in ihrem Haus.«

»Es ist lieb von Ihnen, daß Sie mich warnen, ich danke Ihnen.«

Traude lief leichtfüßig und frohgemut die Treppe hinunter, und als sie durch die Empfangshalle gehen wollte, stand plötzlich der Amerikaner vor ihr.

»Verzeihung, gnädiges Fräulein – ich möchte von Ihnen hören, ob der kleine Unfall von neulich keine unangenehmen Folgen hinterlassen hat. Sie waren so erschrocken, als mein Auto Sie streifte.«

»Da uns der Zufall noch einmal zusammenführt, will ich nicht verfehlen, Ihnen zu danken für die Überlassung Ihres Wagens. Ihr Chauffeur hat keine Bezahlung angenommen, und so bin ich Ihre Schuldnerin geworden.«

»Bitte, beschämen Sie mich nicht. Es war selbstverständlich, daß ich Ihnen aus einer unangenehmen Situation half.«

»Jedenfalls danke ich Ihnen.« Traude neigte den Kopf und ging schnell davon.

Sie ahnte nicht, daß der Fremde unschlüssig hinter ihr hersah, als erwäge er, ob er ihr folgen solle.

Als Traude zur Straßenbahn ging, sah sie ein wenig bange nach der Uhr. Wahrscheinlich würden Onkel und Tante schon daheim sein. Aber sei's drum! – Jetzt begann ohnehin der Kampf um ihre Freiheit. Daß er ihr nicht leicht gemacht würde, wußte sie. Doch er würde bald überwunden sein. Und in wenigen Tagen begann dann ein neues Leben.

III

Der Amerikaner hatte, als Traude seinen Blicken entschwunden war, eine Weile nachdenklich vor sich hingesehen.

Sie ist entzückend – ich muß ihren Namen erfahren. Tante Elisa wird ihn mir nennen können, dachte er.

Fräulein Schwind öffnete ihm die Tür.

»Ist die Señora zu sprechen, Fräulein Schwind?«

»Ich will sogleich anfragen, Mister Stemberg.«

Fräulein Schwind kehrte schnell zurück. »Bitte, Mister Stemberg, die Señora erwartet Sie.«

Stemberg trat in den Salon, die Señora saß noch auf demselben Platz am Fenster, blickte Stemberg entgegen und reichte ihm lächelnd die Hand.

»Was führt Sie zu mir, lieber Fred?«

»Ich könnte sagen, die Sehnsucht, Sie zu sehen, Tante Elisa. Aber dann würde ich nicht bei der Wahrheit bleiben.«

»So bleiben Sie lieber bei der Wahrheit.«

»Ich bin von Neugier hergetrieben worden.«

»Neugier worauf?«

»Ich möchte gern wissen, wer die junge Dame ist, die Sie soeben besucht hat.«

»Fred, was entdecke ich da bei Ihnen? Sie gelten doch allgemein als Frauenverächter?«

»Nur ein Verleumder kann mich einen Frauenverächter nennen. Ich verzettle meine Gefühle nicht in kleiner Münze und habe bisher noch keine Frau gefunden, an die ich mich binden möchte. Wenn es bei mir einmal ernst wird, dann – aber bitte, davon wollen wir nicht sprechen. Ich möchte wissen, wer die junge Dame war, die Sie soeben besucht hat. Ich sah sie nämlich heute nicht das erste Mal.«

»Nicht zum erstenmal?«

Da erzählte er ihr von seinem ersten Zusammentreffen mit Traude Karsten.

»Sie werden nun verstehen, Tante Elisa, weshalb es mich interessiert, wer die junge Lady ist, die mein Chauffeur beinahe umgefahren hat.«

»Da muß ich freilich Ihre Neugier befriedigen, lieber Fred. Sie heißt Traude Karsten und ist soeben von mir engagiert worden als – als Gesellschafterin.« Sie hatte leicht gezögert, weil sie nicht wußte, wie sie Traude Karsten nun bezeichnen sollte.

Fred Stemberg sah sie verblüfft an.

»Das kann nicht sein.«

»Warum glauben Sie das nicht?«

»Verzeihen Sie – ich will Ihre Worte nicht in Zweifel ziehen – es erschien mir nur unglaublich, daß diese vornehme Lady eine Stellung suchte. Auch sagten Sie mir nichts davon, daß Sie eine Gesellschafterin engagieren wollten. Sie sprachen nur von einer Kammerzofe.«

»Ja, lieber Fred, ich suchte eine Kammerzofe – und fand eine Gesellschafterin, die mir sehr angenehm und sympathisch ist. Nehmen Sie Platz, ich will es Ihnen erzählen. Diese junge Dame ist eine von denen, die durch Not gezwungen werden, sich ihr Brot zu verdienen.«

»Bitte – erzählen Sie weiter.«

Sie berichtete ihm von ihrer Unterredung mit Traude, was wichtig war. »Sehen Sie, Fred«, sagte sie zum Schluß, »das Schicksal dieser jungen Dame, ihre tapfere Unverzagtheit, hat mir imponiert.«

»Sie haben ein sehr gütiges Herz, Tante Elisa!«

»Gütig? Das ist ein dehnbarer Begriff. Schließlich läuft doch alles auf Egoismus hinaus. Wenn diese junge Dame häßlich und mir unsympathisch gewesen wäre, hätte ich diese sogenannte Güte wohl kaum aufgebracht. So bin ich froh, eine mir sympathische Persönlichkeit gefunden zu haben, die mir meine Einsamkeit vielleicht etwas erträglicher macht. Ich kehre ja leider wieder allein heim – ohne meinen Sohn.«

»Arme Tante Elisa.«

»Ja, weiß Gott, arm bin ich geworden. Aber lassen Sie uns von anderen Dingen reden. Haben Sie nun schon einen Entschluß gefaßt, wann Sie wieder abreisen?«

Er überlegte einen Augenblick. Dann blitzte es in seinen grauen Augen, als sei ihm ein wundervoller Gedanke gekommen. »Ja, ja – ich habe bereits einen Entschluß gefaßt.«

»Also, wann reisen Sie, Fred?«

»Am gleichen Tag wie Sie.«

»Geht an demselben Tag ein Schiff nach New York?«

»Das weiß ich nicht. Ich gehe gar nicht erst nach New York zurück. Mein Onkel schrieb mir, es sei das klügste, wenn ich gleich nach Montevideo reisen würde.«

»Aber ich glaubte, Sie würden von New York aus nach Montevideo kommen?«

»Das war erst geplant. Aber Onkel Ernest schrieb mir im letzten Brief, je eher ich nach Montevideo käme, desto vorteilhafter sei es für uns. Und außerdem wäre es gut, wenn ich Sie nicht ohne Schutz heimkehren lasse. Ich habe daher beschlossen, mit Ihnen zu reisen, Tante Elisa, und freue mich.«

»Auf die Gesellschaft einer trübsinnigen alten Frau?«

»Sie sind mir immer eine interessante und anregende Gesellschaft. Wir werden Sie schon aufheitern, Ihre reizende Gesellschafterin und ich.«

»Lieber Fred, ich hoffe, daß Sie die junge Dame als solche respektieren und sie nicht etwa als Freiwild betrachten, weil sie das Unglück hat, in Abhängigkeit leben zu müssen.«

»Bin ich ein gewissenloser Don Juan? Doch ich sage offen, daß die junge Lady vom ersten Augenblick an einen großen Eindruck auf mich gemacht hat. Ich glaubte, sie nie wiederzusehen, und das bedrückte mich geradezu. Gestern bin ich in die Goethestraße gefahren und habe mir das Haus, in dem sie wohnt, angesehen. Ich hätte viel darum gegeben, wenn ich ihren blonden Kopf an einem der Fenster entdeckt hätte. Und da sagte ich mir: Well – es soll nicht sein, daß du sie wiedersiehst. Aber ich dachte immer an ihr reizendes Lächeln. Und vorhin sitze ich nun in der Empfangshalle und denke wieder an die junge Lady, die Augen hat wie brauner Samt. Und plötzlich steht sie vor mir wie hingezaubert. Well, dachte ich, es ist also doch Bestimmung, daß du sie wiedersiehst. Und nun höre ich, daß sie in Ihre Dienste getreten ist. Das Schicksal will, daß wir uns immer wieder begegnen, also hat es etwas mit uns vor.«

»Und was, denken Sie, soll daraus werden, Fred? Sie ist jetzt auf zwei Jahre als meine Gesellschafterin verpflichtet.«

»Was daraus werden soll? Ich weiß es nicht. Ich weiß nur, daß ich mich sehr darauf freue, in Ihrer und Miß Karstens Gesellschaft zu reisen.«

»Was wird Ihr Onkel dazu sagen, Fred? Soviel ich weiß, denkt er doch insgeheim daran, daß aus Ihnen und Maud ein Paar wird.«

»Er denkt daran. Aber Maud und ich denken anders und sind uns darüber längst einig, und so wird sich Onkel Ernest fügen. Er hätte es nur sehr gern gesehen, weil es so bequem wäre, wenn ich sein Schwiegersohn werden würde. Die Stemberg-Kompanie soll nicht zersplittert werden. Aber darüber kann er ganz beruhigt sein. Maud und ich – wir werden zusammenhalten und in Eintracht unser Busineß machen, auch wenn wir nicht heiraten.«

»Das wollen wir hoffen, Fred. Also, Sie wollen wirklich mit mir nach Montevideo reisen?«

»Ich will.«

»Nun – ich wasche meine Hände in Unschuld, wenn Sie auf dieser Reise Ihr Herz verlieren.«

»Ich schwöre, daß ich es auf der Reise nicht verlieren werde.«

»Da sollten Sie nicht so sicher sein.«

»Ich bin es, denn ich habe mein Herz schon an Fräulein Karsten verloren – noch ehe sie Ihre Gesellschafterin wurde.«

»Ich weiß nicht, ob ich Ihnen unter diesen Umständen gestatten soll, mich zu begleiten.«

»Dann würde es noch schlimmer. Sie können so oder so nichts an der Sache ändern. Maud und ich werden nie ein Paar – es tut nicht gut, wenn so nahe Verwandte sich heiraten.«

»Aber trotzdem ist mir bange, daß Sie eine Dummheit begehen könnten. Wollen Sie mir nicht wenigstens versprechen, sich erst selbst gründlich zu prüfen, ehe Sie Fräulein Karsten an sich fesseln?«

»Das will ich versprechen. Ich bin kein Springinsfeld mehr und werde keine Unbesonnenheiten begehen.«

»Gut, Fred – geben Sie mir Ihr Wort darauf, daß Sie sich mindestens drei Monate ernsthaft prüfen.«

Er zögerte einen Moment. Dann nickte er energisch.

»Ich gebe Ihnen mein Wort, Tante Elisa.«

»Nun bin ich beruhigt. Und jetzt freue ich mich auf unsere gemeinsame Überfahrt. Es wird mir wohltun, zwei junge Menschen während der ganzen Reise um mich zu haben.«

Die Señora dachte bei sich, daß Fred im Laufe von drei Monaten wieder zur Vernunft kommen würde, wenn es sich bei ihm nur um eine flüchtige Verliebtheit handelte. Und wenn es eine ernste Neigung wurde, dann sollte es eben sein. Sie wollte sich keine unnötigen Sorgen machen.

Traude war von Onkel und Tante in höchster Aufregung empfangen und mit tausend Fragen überfallen worden.

»Wo warst du denn? Was ist das für eine Art, einfach

davonzulaufen? Wir haben dich gesucht. Und das Abendessen ist auch noch nicht vorbereitet.«

Das war Tante Agathe. Der Geheimrat zog die Augenbrauen hoch und sagte streng und kalt:

»Ich will doch nicht hoffen, daß du jetzt Geschmack am Herumtreiben findest. Wo bist du gewesen?«

»Ich war im Grand-Hotel, Onkel«, sagte Traude ruhig.

Die alten Herrschaften starrten sie an, als zweifelten sie an ihrem Verstand.

»Was soll das heißen?«

»Verzeiht, daß ich wegging. Nun, da alles entschieden ist, will ich euch mitteilen, daß ich mir eine Stellung gesucht habe. Ich habe ein Engagement für den ersten November angenommen.«

Als hätte der Blitz eingeschlagen, sanken die beiden in ihre Sessel zurück.

»Daraus wird nichts!« herrschte der Onkel sie nach einer Weile an. »Diese Abmachung ist ungültig, da sie ohne unsere Einwilligung getätigt wurde.«

»Nein, Onkel, sie ist nicht ungültig. Du vergißt, daß ich seit meinem einundzwanzigsten Geburtstag deiner Vormundschaft entwachsen bin. Ich kann jetzt selbst über mein Schicksal entscheiden.«

»Du wagst es, so mit mir zu sprechen? Du hast wohl nur darauf gewartet, daß ich dir nichts mehr zu sagen habe?«

»Ja, Onkel, darauf habe ich schmerzlich genug gewartet. Es tut mir leid, daß ihr ohne mich auskommen müßt, aber es läßt sich nun nicht mehr ändern. Ich habe mich verpflichtet auf zwei Jahre.«

»Du bist ein undankbares Geschöpf«, schrie die Tante in höchster Erregung.

»Haltung, Agathe, bitte – beruhige dich! Laß uns ruhig mit Traude sprechen. Wir werden auch fernerhin alles für sie tun, und dieses voreilig eingegangene Engagement wird sie sicher rückgängig machen. Nicht wahr, mein liebes Kind?«

Was Onkel und Tante sagten, kam Traude unwahr, geheuchelt vor. Sie konnte kein Mitleid haben mit diesen beiden Menschen.

»Nein, Onkel«, sagte sie entschlossen, »ich habe mir alles reiflich überlegt und habe eine Stellung als Gesellschafterin angenommen, bei Señora Guarda aus Montevideo. Am ersten November trete ich an, und am achten November reisen wir von Hamburg aus mit der Cap Polonio ab.«

»Bist du von Sinnen? So ohne weiteres nimmst du eine Stellung an bei einer Fremden, und auch noch nach dem Ausland? Was für eine Unklugheit!«

»Wenn du Señora Guarda gesehen und gesprochen hättest, würdest du anders urteilen, Onkel.«

»Will das Ei klüger sein als die Henne? Diese Señora Guarda werde ich ordentlich unter die Lupe nehmen, ehe ich dir gestatte, diese Stellung anzunehmen.«

Traude atmete tief.

»Lieber Onkel, zu deiner Beruhigung teile ich dir mit, daß die Señora mir selber gesagt hat, du möchtest Referenzen über sie beim Konsulat einholen. Die Dame ist Witwe und besitzt in Uruguay große Ländereien und in Montevideo Fabriken, in denen Fleischextrakt und Büchsenfleisch hergestellt werden. Ihr gehören eine Villa am La Plata und ein Landhaus auf einem ihrer Güter in der Nähe von Montevideo. Aber bitte, zieh Erkundigungen ein. Sie werden euch über mein Schicksal beruhigen. Und nun will ich das Abendessen machen, damit Ihr nicht noch länger warten müßt.«

Die beiden Alten sahen sich eine Weile sprachlos an. Schließlich ging Tante Agathe zum Angriff über:

»Du darfst es nicht zulassen, daß sie geht! Was soll aus uns werden? Ich bin doch zu alt und zu schwach, alle Arbeit selbst zu verrichten.«

»Das hättest du dir eher überlegen sollen, Agathe. Mit unseren Vorwürfen und Klagen haben wir sie sicherlich aus dem Haus getrieben«, sagte der Geheimrat selten einsichtsvoll. Mit den Händen auf dem Rücken ging er im Zimmer auf und ab; vier Schritte hin, vier Schritte her.

»Sei dem, wie es sei«, sagte er schließlich, »du, meine liebe Agathe, hast ihr die Überzeugung beigebracht, daß sie uns nur eine Last ist. Wenn die Recherchen, die ich selbstverständlich einziehen werde, mir keine Veranlassung zu einem berechtigten Einschreiten geben, sind wir machtlos und müssen Traude ziehen lassen.«

Und trotz aller Gegenwehr mußte Tante Agathe zusehen, wie Traude ihre Vorbereitungen zur Abreise traf. Die Erkundigungen, die der Geheimrat über die Señora eingezogen hatte, ergaben ein einwandfreies Bild. Geheimrats mußten sich darein fügen, daß Traude sich ihnen entzog.

Doch ehe das geschehen konnte, wurde sie noch vom frühen Morgen bis zum späten Abend herumgehetzt und hörte nichts als Gejammer. Und dennoch konnte sie den alten Herrschaften ihr Mitleid nicht versagen. So sorgte sie großmütig vor für die Zeit, da sie nicht mehr dasein würde. Sie lief sogar zum Vermittlungsbüro, bis sie endlich ein junges Dienstmädchen engagieren konnte, das nicht zu anspruchsvoll war.

Sie tat alles, was sie tun konnte, damit Onkel und Tante nicht gar zu hilflos zurückblieben.

Und dann kam der Abschied. Traude bekam schließlich doch nasse Augen, als sie die beiden alten Leute so geknickt und verstört zurückließ.

IV

Heinz Rutland kam soeben von seinem Tagewerk nach Hause. Er bewohnte ein kleines freundliches Zimmer in einem bescheidenen Boardinghouse in einer Vorstadt New Yorks. Kräftige, bekömmliche Kost und Sauberkeit hatte er hier verhältnismäßig billig gefunden. So konnte er einen Teil seines Gehaltes sparen.

Schnell befreite er sich von den Spuren seiner Tätigkeit und machte sich zum Ausgehen fertig. Jetzt sah man seiner Erscheinung nicht mehr an, daß er ein schweres Tagewerk hinter sich hatte.

Nachdem er gegessen hatte, verließ er das Haus und begab sich in die vornehme Geschäftsgegend. Hier pflegte er gern bis zum Ladenschluß zu promenieren. Er machte dabei seine Studien über das Straßen- und Geschäftsleben New Yorks.

Er war eine auffallende, interessante Erscheinung, so daß manche Frau von ihm gefesselt wurde. Er achtete aber nicht darauf. Seine Augen blickten klar und zielbewußt aus seinem gutgeschnittenen tiefgebräunten Gesicht. Die gerade Nase, die an der Stirn sehr schmal und fein ansetzte, und der schmallippige, ausdrucksvolle Mund, der von keinem Bart beschattet wurde, verrieten Großzügigkeit und Energie. Beim Lachen blitzte ein kräftiges, tadelloses Gebiß, und das breite, markige Kinn vervollständigte den Eindruck, daß man eine kraftvolle, gesunde und willensstarke Persönlichkeit vor sich habe.

Vor seinen geistigen Augen stand, seit er in New York weilte, ein Frauenbild – das Maud Stembergs. Seit er sie gesehen hatte, war es mit seiner Herzensruhe vorbei. Er war von ihr bezaubert, und wenn er sich auch sagte, daß zwischen ihm, einem der bescheidensten Angestellten ihres Vaters, und der reichen Dollarprinzessin eine unüberbrückbare Kluft lag, so konnte er es doch nicht ändern, daß sein Herz lichterloh für sie brannte.

In trotziger Kühnheit sagte er zu sich selbst:

»Ich kann lieben und anbeten, wen ich will – und wenn ich mein Herz an die Kaiserin von China verlöre. Maud Stemberg kann es mir nicht verwehren, sie zu lieben – solange ich ihr mit meiner Liebe nicht lästig falle.«

Seine Gedanken beschäftigten sich stets sehnsüchtig mit ihr. So glaubte er, eine Phantasiegestalt vor sich zu sehen, als sie plötzlich wirklich vor ihm stand und ihn mit ihren hell schimmernden Augen ansah. Sie war aus einem Geschäft an der Ecke der fünften Avenue gekommen, in die er gerade einbiegen wollte.

Lachend vertrat sie ihm den Weg.

»Oh, Mister Rutland, ich hätte Sie beinahe nicht erkannt! Sie sehen so elegant aus«, sagte sie mit ihrer klaren, frischen Stimme und lächelte.

Er war erblaßt bei ihrem unerwarteten Anblick und benötigte alle Kraft, um ihr sein Entzücken nicht zu verraten. Artig verbeugte er sich und sagte formell zurückhaltend:

»Sie brauchen mich nicht zu erkennen, Miß Stemberg. Ich muß mich damit begnügen, Luft für Sie zu sein.«

Sie hatte aber doch das kurze, unbeherrschte Aufleuchten in seinen Augen gesehen, und deshalb kränkte sie sein formeller Ton nicht. Sie strahlte ihn an und zeigte dabei entzückende Grübchen neben den Mundwinkeln.

»Ein Mann sollte nie so bescheiden sein.«

Es lag etwas in seinen Augen, das ihr momentan den Atem stocken ließ. Er behielt sich in der Gewalt und sagte ein wenig heiser vor Erregung:

»Es gibt Verhältnisse, Miß Stemberg, die auch den kühnsten Mann zur Bescheidenheit zwingen.«

»O nein, das ist kein kühner Mann, der sich zu etwas zwingen läßt.«

»Wohl Ihnen, Miß Stemberg, daß Sie nichts von zwingender Notwendigkeit wissen, der sich auch der stärkste Mann beugen muß.«

»Wo gehen Sie hin?« fragte sie ablenkend.

»Ich habe kein Ziel. Es lockte mich nur, das Straßenleben ein wenig zu beobachten.«

»Das können Sie auch in meiner Gesellschaft tun. Bitte, begleiten Sie mich, ich habe Lust, ein wenig zu bummeln.«

Damit deutete sie auf ein elegantes kleines Auto, das nur sie zu benutzen pflegte.

Er sah mit einem festen Blick in ihre Augen.

»Miß Stemberg – Sie vergessen in Ihrer Freundlichkeit, wer ich bin. Ich darf es nicht dulden, daß Sie sich üblem Klatsch aussetzen. Ihr Chauffeur kennt mich, er weiß, was ich bei der Stemberg-Kompanie tue – daß ich sozusagen seinesgleichen bin.«

Sie schüttelte energisch den Kopf, auf dessen goldbraunem Haar ein kokettes Pelzmützchen saß. Wie ungeduldig öffnete sie ihren Pelzmantel und schob ihn vom Hals zurück, als sei ihr zu heiß.

»Mein Chauffeur ist seit fünf Jahren in meinen Diensten, er war früher der Kutscher meiner verstorbenen Mutter und noch früher Reitknecht meines Vaters. Sie sind nicht seinesgleichen.«

»Doch – ich bin Fahrer wie er.«

»Nein, Sie sind der kühnste Testfahrer der Stemberg-Kompanie und waren früher Offizier. Außerdem sind Sie ein Gentleman. Als solcher dürfen Sie sich nicht weigern, den Wunsch einer Lady zu erfüllen. Und ich wünsche, daß Sie mich begleiten.«

»Und wenn Ihr Herr Vater erfährt, daß Sie mit mir durch diese belebten Straßen gehen?«

»Mein Vater ist gewöhnt, daß ich tue, was ich will; aber ich werde nie etwas tun, was ihm Herzeleid bereitet. Er würde sich nicht einmal wundern, wenn ich mit einem Straßenkehrer promenierte.«

»Also – mit einem Straßenkehrer kann ich es allenfalls noch aufnehmen«, sagte er in verbittertem Trotz.

Sie sah ihn erbost an. »Sie ärgern mich so lange, bis ich etwas ganz Dummes sage.«

Dann kam ein weicher Ausdruck in ihre Augen.

»Es hat Ihnen weh getan. Das wollte ich nicht. Und mit einem Unwürdigen gehe ich nicht bummeln. Hab' ich nun meine Dummheit wiedergutgemacht?«

»Sie sind bewundernswert, Miß Stemberg.«

»So bewundern Sie mich, soviel Sie wollen. Aber nun sagen Sie meinem Chauffeur Bescheid.«

Heinz trat an den Wagen heran und sagte dem Chauffeur, was ihm Maud aufgetragen hatte. Dieser warf ihm einen verschmitzten Blick zu, aber Heinz blitzte ihn so herrisch an, daß er gleich wieder eine korrekte Miene aufsetzte.

Heinz trat nun wieder an Maud Stembergs Seite und ging mit ihr die Avenue hinab. Sie bogen dann in eine ruhigere Straße ein. Dabei unterhielten sie sich sehr lebhaft. Nach kurzem Widerstreben gab er sich ganz zwanglos, und er merkte es nicht, daß nach einer Weile Stillschweigen zwischen ihnen herrschte. So sehr war er mit seinen eigenen Gedanken beschäftigt.

Und wenn auch diese Stunde an Mauds Seite mich meine Stellung kosten würde, für den Fall, daß es Mister Stemberg erfährt und mir den Laufpaß gibt – ich kann nicht anders, als mich unerhört glücklich zu fühlen. Es ist natürlich nur eine Laune von ihr, aber ich gehe an ihrer Seite, höre ihre Stimme, sehe die entzükkenden Grübchen in ihren Wangen und spüre den Hauch ihrer Persönlichkeit. Mag man mich meinetwegen nachher zum Schafott führen – wenn man mich nur diese Stunde ungestört auskosten läßt, sagte er zu sich selbst.

»Was denken Sie, Mister Rutland? Sie hören nicht auf das, was ich sage«, tönte plötzlich ihre Stimme an sein Ohr.

»Was ich gedacht habe?«

»Ja – ich möchte es gern wissen.«

»Das kann ich Ihnen nicht sagen.«

»Oh – ich will es aber wissen.«

»Es ist etwas sehr Kühnes, und darum darf ich es Ihnen nicht sagen.«

»Nun möchte ich es erst recht wissen. Wenn Sie es mir nicht sagen, muß ich annehmen, daß Sie etwas Schlechtes über mich dachten.«

»Nein, das sollen Sie nicht glauben«, sagte er tief aufatmend, »dann will ich es Ihnen lieber sagen.«

»Aber geben Sie mir erst Ihr Ehrenwort, daß Sie wirklich ganz ehrlich sind. Ich weiß, ein Gentleman hält sein Wort.«

»Nun gut – ich gebe mein Ehrenwort. Wenn meine Gedanken Ihnen allzu kühn erscheinen, müssen Sie mir verzeihen und bedenken, daß ich sie nur auf Ihren Wunsch aussprach.«

»Nun sprechen Sie schon«, drängte sie ungeduldig.

Er atmete tief und sagte etwas heiser: »Ich dachte: Und wenn mich diese Stunde meine Stellung kostet – ich kann nicht anders, als mich unerhört glücklich fühlen, daß mir Miß Maud diese Gunst erweist. Es ist natürlich eine Laune von ihr, aber sei es drum.« Und so sprach er weiter.

Ihr Gesicht hatte die Farbe gewechselt, denn sein Empfinden brach impulsiv aus diesen Worten hervor. Ganz bleich war sie geworden, weil sie fühlte, daß er einen Moment die Herrschaft über sich verloren hatte. Und nun, da er geendet hatte, schwieg sie still und ging mit gesenkten Augen neben ihm her.

Auch er schwieg und sah auf sie herab.

»Sie wollten es wissen, Miß Stemberg – und nun sind Sie mir böse, daß ich Ihnen den Willen getan habe.«

Da hob sie den Kopf und sah von der Seite mit einem unsicheren Blick zu ihm auf.

»Ich bin nicht böse. Und ich werde notfalls dafür sorgen, daß Sie Ihre Stellung nicht verlieren.«

Nun spielten die Grübchen in ihren Wangen, und ein schelmisches Lächeln lag auf ihrem Gesicht.

»Sie werden auch nicht aufs Schafott zu gehen brauchen.«

»Bitte, vergessen Sie meine Kühnheit. Ich hätte Ihnen das nicht sagen dürfen.«

»Ich vergesse es nicht – ich will es mir nur gut merken. So etwas Hübsches hat noch niemand zu mir gesagt.«

»Sollte Mister Fred Stemberg nicht auch ähnliches bemerkt haben?« fuhr es ihm halb gegen seinen Willen heraus.

Sie sah ihn überrascht an. »Fred? Weshalb sollte er mir solche Dinge sagen?«

»Man spricht in den Büros und Werkstätten davon, daß Fred Stemberg eines Tages der Mann von Miß Maud Stemberg sein wird.«

»Das wird nie sein – niemals. Mein Vater möchte es gern, aber Fred und ich, wir mögen es nicht und sind uns längst einig darüber.«

»Gottlob!«

Es war gar nicht für sie bestimmt, aber sie hörte es doch, dieses befreite: Gottlob! Und es trieb ihr die Röte ins Gesicht.

»Jetzt möchte ich nach Hause fahren, Mister Rutland. Bitte, rufen Sie meinen Wagen heran.«

Er sah ihr bittend ins Gesicht.

»Sind Sie mir auch gewiß nicht böse?«

»Ganz gewiß nicht. Morgen komme ich nach Brooklyn hinüber – auf die Teststrecke. Ich möchte wieder einmal eine Probefahrt mit Ihnen machen.«

»Miß Stemberg, sosehr ich mich freuen würde, Sie auf der Teststrecke zu sehen – aber bitte, verlangen Sie nie mehr, daß ich Sie auf einer Probefahrt mitnehmen soll.«

»Warum nicht?«

»Weil ich bei diesen Probefahrten kaltes Blut haben muß – und –, weil ich kein kaltes Blut haben kann, wenn Sie neben mir sitzen und ich befürchten muß, daß Ihnen etwas passieren könnte.«

»Und um sich selbst fürchten Sie nicht?«

»Nein – was liegt an mir.«

»Sind Sie lebensmüde?«

Er sah sie mit einem Blick an, der sie bis ins Herz traf.

»Lebensmüde? Wenn Sie vor mir stehen und mich ansehen? O nein! Aber es gibt Stunden, in denen mir mein Leben keinen Pfifferling wert ist.«

Er rief den Chauffeur. Während dieser den Wagen neben ihnen anhielt, sah ihn Maud mit ernsten Augen an. »Das dürfen Sie nie, niemals mehr sagen – auch nicht denken, Mister Rutland. Wenn Ihnen Ihr Leben auch zuweilen wertlos erscheint, so gibt es doch Menschen, denen es wertvoll ist.«

»Miß Stemberg!« rief er heiser.

»Ich meine – Sie haben doch sicher Angehörige daheim – eine Mutter, eine Schwester oder – eine Braut?«

Das letzte klang zögernd und unruhig.

Seine Augen hielten die ihren fest.

»Meine Mutter habe ich nie gekannt – sie ist tot. Eine Schwester habe ich freilich, der mein Leben lieb und wert ist.«

»Und – eine Braut?«

»Wenn ich eine Braut hätte, Miß Stemberg – dann

würde ich nicht so zu Ihnen gesprochen haben, wie ich es getan habe.«

Wieder errötete sie, aber ihre Augen strahlten. »Also eine Schwester haben Sie?« fragte sie dann ablenkend.

»Ja. Sie war bis vor kurzem der einzige Mensch, der mir lieb und teuer ist.«

»Bis vor kurzem?«

Er antwortete nicht, aber seine Augen verrieten ihr alles, was sie wissen wollte. Sie trat rasch an ihren Wagen heran. »Good bye, Mister Rutland.«

Sie reichte ihm die Hand, die er zaghaft, aber dann mit warmem Dank festhielt.

Er half ihr einsteigen und breitete die Pelzdecke über ihre Füße.

»Also, morgen auf der Teststrecke«, sagte sie noch, ehe er den Wagen schloß.

Er verneigte sich und trat zurück. Der Wagen fuhr davon, und während er ihm nachstarrte, ahnte er nicht, daß Maud durch das kleine Fenster in der Rückwand des Wagens zurückschaute und ihm unbemerkt eine Kußhand zuwarf.

In Gedanken versunken setzte Heinz Rutland seinen Weg fort. Was wollte Miß Maud von ihm? Weshalb zeichnete sie ihn so auffallend aus? Und weshalb sah sie ihn an, daß ihm das Herz bis zum Hals hinauf schlug? War sie eine herzlose Kokotte, der es Vergnügen machte, zur Abwechslung auch einmal einem Angestellten ihres Vaters den Kopf zu verdrehen? Wollte sie sich nur eine Langeweile vertreiben? Oder – oder …

Dieses Oder wagte er nicht auszudenken.

Von seinen Gefühlen hin- und hergerissen, kam er

wieder in seine Wohnung. Auf dem Tisch sah er einen Brief liegen. Er erkannte sogleich die Handschrift seiner Schwester, öffnete ihn und las:

»Mein lieber Heinz! Zuerst nimm meinen herzlichen Dank für Dein fürstliches Geburtstagsgeschenk. Ich habe mir einen molligwarmen Stoff dafür gekauft und mir selbst einen Mantel gearbeitet. Fein ist er mir gelungen, er sieht elegant und vornehm aus, und ich fühle mich köstlich warm darin. Er soll mir auf meiner Seereise gute Dienste tun. Ja, lieber Bruder – eine Seereise steht mir bevor, und nicht etwa nur bis New York, o nein, ich reise viel weiter. Du brauchst nicht ungläubig auf diese Worte zu starren. Am achten November fahre ich wirklich mit der Cap Polonio nach Buenos Aires und von dort nach Montevideo. – Aber nun muß ich dir der Reihe nach berichten.«

Hier folgte in Traudes Brief eine ausführliche Beschreibung ihres Engagements und ihrer Auseinandersetzung mit Geheimrats. Zum Schluß hieß es:

»Du siehst aus alledem, Heinz, daß Señora Guarda eine sehr gütige Dame ist. Ich bin ihr sehr dankbar, daß sie mich als Gesellschafterin engagiert hat. Du brauchst auch keine Angst zu haben, daß an diesem Engagement etwas nicht in Ordnung ist. Onkel hat bis auf das Tüpfelchen genau ihre Verhältnisse beim Konsulat erkundet.

Aber nun kommt das Schönste, Heinz. Ich muß meine Herrin auf allen Reisen begleiten. Sie besitzt in New York eine Filiale und entfernte Verwandte. Jedes Jahr reist sie mindestens einmal nach New York, und so werde ich Dich wiedersehen. Ist das nicht herrlich?

Mir wirbelt der Kopf, Heinz. Statt Tante Agathes

kleinlicher Nörgeleien soll ich täglich die Gesellschaft dieser interessanten Frau genießen, die mir anbetungswürdig erscheint. Ich habe nie eine schönere, imponierendere Frau ihres Alters – sie steht wohl in der Mitte der Fünfzig – gesehen. Sie ist eine große Dame und doch schlicht in ihrer gütigen Menschlichkeit. Es wird mir eine Lust sein, ihr alle Wünsche von den Augen abzulesen.

Aber nun muß ich schließen, Heinz, ich habe noch sehr viel zu tun. Tante Agathe rechnet mir täglich vor, wieviel Schaden ihr mein Fortgehen machen wird – bisher rechnete sie nur immer aus, wie teuer sie mein Hiersein zu stehen kommt.
Aber sie tut mir doch leid. Onkel und Tante müssen in den engen sorgenvollen Verhältnissen zurückbleiben, während ich jetzt mindestens auf zwei Jahre den beneidenswertesten Umgang haben werde. Ich füge Dir unten meine Adresse in Montevideo an. Anfang Dezember treffen wir dort ein. Señora Guarda macht in Buenos Aires noch auf einen Tag Station. Was werde ich Neues und Schönes zu sehen bekommen? Bin ich nicht beneidenswert? Ich bin so glücklich, daß ich endlich meine Schwingen regen darf. Gott helfe mir, daß ich nicht flügellahm werde.

Mit innigen Grüßen, mein lieber Heinz,

Deine Schwester

Heinz Rutland stützte den Kopf in die Hand. Er wußte nicht, ob er sich freuen oder sorgen sollte um seine junge Schwester. So leicht und glatt, wie sie in ihrem jugendlichen Kampfesmut meinte, würde sich ihr ferneres Leben bestimmt nicht abspielen. Es würden noch genug schwere Stunden kommen.

Aber trotz allem – schlechter als im Hause ihres Onkels würde es ihr gewiß nicht gehen. Traude, seine liebe, kleine Schwester bekam die Welt zu sehen. Schon die Überfahrt mit dem schönen stolzen Dampfer, den er im Hamburger Hafen hatte liegen sehen, würde ein unvergeßliches Erlebnis für sie werden. Und sie kam heraus aus den qualvoll engen Verhältnissen.

»Glück auf den Weg, Schwesterherz!« rief er leise ins Weite und blickte versonnen vor sich hin.

Wann würde ihm ein Wiedersehen mit der Schwester beschieden sein?

V

Miß Maud war nach Hause gefahren. Sie stieg aus und betrat das große Vestibül. Auf dem kunstvoll gearbeiteten Mosaikfußboden lagen kostbare Teppiche. Durch bunte Fenster mit herrlicher Glasmalerei fielen vielfarbige Lichter darüber hin. In einer Ecke des Vestibüls stand eine Gruppe von Sitzmöbeln, in einer anderen war eine große Nische für die Garderobe.

Hier nahm ein Diener Maud den Pelzmantel ab. Vor dem hohen, breiten Spiegel setzte sie die Pelzkappe ab und lockerte ihr Haar. Sie stand in ihrer jugendfrischen Schlankheit und ordnete den Gürtel ihres Kleides, das, aus weicher königsblauer Seide gearbeitet, in schönen Falten herabfiel.

»Ist mein Vater zu Hause?« fragte sie den Diener.

»Mister Stemberg befindet sich in seinem Arbeitszimmer.«

Maud nickte dem Diener zu und schritt die breite Marmortreppe hinauf. Im ersten Stock klopfte sie an eine Tür. Auf den Ruf ihres Vaters öffnete sie und fragte lachend:

»Hast du wichtige Geschäfte, lieber Vater?«

»Ich warte schon auf dich«, erwiderte Mister Stemberg, eine stattliche, imponierende Erscheinung.

Sie setzte sich auf die Lehne des Sessels, in dem ihr Vater saß, und hielt ihm die blühende Wange hin, die er lächelnd küßte.

»Darling – wo warst du?«

»Ich habe Einkäufe gemacht, und dann bin ich mit Mister Rutland ein wenig promeniert.«

Er stutzte und sah sie erstaunt an. »Mit Mister Rutland? Mit unserem neuen Testfahrer?«

»Well – mit ihm.«

»Wie kommst du dazu?«

»Ich trat aus einem Geschäft auf die Straße und stand vor einem eleganten, vornehmen Gentleman. Er fiel mir auf wegen seiner Erscheinung, und ich sah ihn mir genauer an. Und siehe da – es war Rutland. Natürlich forderte ich ihn auf, mich ein Stück zu begleiten.«

»Hm! Das finde ich gar nicht so natürlich«, sagte Mister Stemberg nachdrücklich.

»Aber ich, Väterchen! In ganz New York findest du nicht seinesgleichen. Er war erst ängstlich und wollte mir aus lauter Bescheidenheit einen Korb geben, aber ich machte ihm klar, daß der Wunsch einer Lady für einen Gentleman Befehl ist.«

»Hm! Er ist aber doch kein Gentleman, sondern ein Einfahrer.«

»Du hast selbst gesagt, Rutland ist ein Gentleman-

Einfahrer und ein Prachtkerl.«

»So? Hab' ich das gesagt? Da scheine ich eine Dummheit gesagt zu haben«, meinte der alte Herr mit trockenem Humor.

»Mein Vater sagt nie eine Dummheit. Er ist sehr klug und ein feiner Menschenkenner.«

»Ach! Und als solcher muß ich leider erkennen, daß du dich zuviel für diesen Mister Rutland zu interessieren scheinst. Seit er angestellt ist, bist du auch oft auf der Teststrecke, hast immer allerlei mit ihm zu sprechen über Dinge, die dir sonst gleichgültig waren. Sogar Probefahrten machst du mit ihm – das werde ich nicht mehr dulden.«

»Ich werde keine Probefahrt mehr mit ihm machen, Väterchen.«

Besänftigt streichelte er ihre Hand.

»Das ist brav, Darling, daß du so folgsam bist.«

»Ich will dir nichts vormachen – ich weiß nicht, ob ich so folgsam gewesen wäre, wenn Rutland mich nicht gebeten hätte, daß ich ihn nie mehr auf einer Probefahrt begleiten soll.«

»So? Das ist vernünftig von ihm. Weshalb hat er dich denn darum gebeten?«

Sie sah ihn erst mit einem verträumten Lächeln an und legte ihre Wange an die seine. »Weil er bei seinen Probefahrten kaltes Blut haben muß – und wenn ich neben ihm sitze, hat er das nicht.«

»Das hat er dir zu sagen gewagt?«

Maud nickte.

»Das ist ja eine Kühnheit!« rief der alte Herr zornig.

Sie nickte mit strahlendem Gesicht. »Oh, yes, er ist wundervoll kühn, aber nur, wenn ich ihn reize.«

»Und das gefällt dir auch noch? So ein Frechdachs!«

»Sehr gefällt er mir! Ungemein gefällt er mir – und auch alles, was er sagt. Willst du wissen, was er noch gesagt hat?«

»Ich bin sehr neugierig«, sagte der alte Herr voll beißender Ironie.

Maud legte den Arm um den Hals ihres Vaters. »Als er sich endlich dazu entschlossen hatte, mich zu begleiten, war er erst in Gedanken versunken. Ich wollte wissen, was er gedacht hat, und ließ ihm keine Ruhe, bis er es mir sagte. Ich nahm ihm zur Vorsicht noch sein Ehrenwort ab, daß er mir die reine Wahrheit sagen würde. Und dann kam es also heraus, was er gedacht hatte.«

»Nun also – was denn?«

»Er hatte gedacht: Und wenn es ihm seine Stellung kosten würde, würde er doch nicht darauf verzichten, mit mir zu gehen, weil es ihn so glücklich macht. Seinetwegen könne man ihn nachher gleich zum Schafott führen, wenn er nur erst die Stunde an meiner Seite auskosten dürfe. Wie findest du das?«

Stemberg sprang mit einem Satz auf, daß Maud beinahe die Balance auf der Sessellehne verloren hätte.

»Unverschämt!« rief er zornig.

»Oh, no – ich fand es wundervoll!«

Er stellte sich dicht vor sie hin und sah sie zornig an.

»Maud – mach keine Dummheiten!« rief er ärgerlich. »Was soll das heißen, daß du dir von diesem deutschen Habenichts Flausen in den Kopf setzen läßt?«

Sie faßte seinen Kopf mit beiden Händen und küßte ihn auf den Mund.

»Großvater war auch ein deutscher Habenichts, als er nach Amerika kam, und du bist sehr stolz darauf.«

Es zuckte um seine Mundwinkel. »Das ist ganz etwas anderes.«

»Ich bin auch stolz darauf, daß Großvater ein Selfmademan war. Und Heinz Rutland ist auch einer. Er wird es zu etwas bringen.«

»Das ist durchaus nicht sicher.«

»Doch, du hast es selbst vor einigen Tagen gesagt, und du hast immer recht.«

Der alte Herr reckte sich zu seiner ganzen imponierenden Höhe auf und machte ein sehr böses Gesicht. So böse hatte ihn Maud noch nie gesehen.

»Ich bitte mir aus, Maud, daß du vernünftig bist.«

»Ich werde sehr vernünftig sein.«

»Und daß du nicht vergißt, daß du Freds Frau werden sollst.«

»Aber sollen und wollen ist zweierlei, Vater. Ich will Freds Frau nicht werden.«

»Narreteien! Es ist doch längst beschlossene Sache, ohne daß viel darüber geredet wurde, daß ihr euch heiratet.«

Maud schüttelte den Kopf, wie eine besorgte Mutter über die Torheit ihres Kindes.

»Vater, da bist du im Irrtum. Es ist im Gegenteil beschlossene Sache, daß Fred nicht mein Mann wird. Er will mich nicht heiraten.«

Der alte Herr starrte sie fassungslos an. »Er will dich nicht heiraten?«

»Nein.«

»Und warum nicht?«

»Aus demselben Grund, aus dem ich ihn nicht will.«

»Da bin ich doch neugierig.«

»Weil Fred und ich uns wie Geschwister lieben – da

kann man doch nicht Mann und Frau werden. Es ist zwischen uns beiden alles klar; wir haben uns schon ausgesprochen, ehe er nach Deutschland reiste.«

»So? Und ich wurde gar nicht gefragt?«

»Nein! Das geht doch nur uns beide an.«

»Aber ich will Fred zum Schwiegersohn.«

»Warum gerade ihn?«

»Weil er ein tüchtiger Mann ist, dem ich die Stemberg-Kompanie ruhig allein überlassen kann.«

»Das kannst du auch, wenn ich nicht seine Frau werde.«

»Aber dann heiratest du einen anderen Mann, der ebenfalls Sitz und Stimme in den Geschäften haben will, und das paßt mir nicht. Es soll alles zusammenbleiben, was zur Stemberg-Kompanie gehört, ich will es so.«

»Dann nimm dir einen Schwiegersohn, den du zu deinem Nachfolger und in deinem Sinn erziehen kannst. Und dazu eignet sich Rutland ausgezeichnet«, sagte Maud furchtlos, mit blitzenden Augen. »Du kannst mir glauben, er gefällt mir nur so gut, weil er dir in allen Dingen so ähnlich ist. Er ist kühn, energisch, tatkräftig und klug, ganz abgesehen davon, daß er auch so ein gutes Herz hat wie du. Daß er sich vor keiner Arbeit scheut, beweist, daß er sich als Testfahrer verdingte. Er ist arm – das war Großvater auch einmal. Aber er ist ein ganzer Mann – und –, er hat mich lieb.«

»Unsinn! Er spekuliert auf dein Geld. Das wird ihm fehlschlagen.«

»Nein – er spekuliert nicht! Er denkt nicht daran, mich zu heiraten. Aber er liebt mich – und deshalb denke ich daran. Ich lese es in seinen Augen. Bis ins

Herz hinein kann ich ihm sehen. Und – ich heirate ihn – oder keinen.«

Mister Stemberg biß auf seiner Unterlippe herum und sah seine Tochter unsicher an. Aber rauh und zornig rief er:

»Das werden wir sehen.«

Maud blickte ihn ruhig an. »Gut also – das werden wir sehen.«

»Ich werde ihn entlassen und zum Teufel jagen!« rief der alte Herr wütend.

»Dann gehe ich mit ihm!«

Das fuhr ihm wie ein kalter Schrecken durchs Gemüt. Er ging erregt auf und ab – dann blieb er mit einem Ruck vor ihr stehen und starrte sie an.

»Du wärst imstande – –?«

»Sicher, du weißt, ich habe einen Stemberg-Kopf und ein Stemberg-Herz. Was da drinnen sitzt, geht nicht wieder heraus. Sei doch lieb, Daddy!«

»Das ist unsinnig, Maud«, sagte er, sich zur Festigkeit zwingend. »Du und ein solcher Habenichts!«

»Hast du ihn nicht gelobt? Das Herz lacht einem im Leib, wenn man den Prachtkerl bei der Arbeit sieht, der bringt es noch zu was, hast du gesagt. Nun siehst du – mir lacht das Herz auch. Ich habe ihn sehr lieb, das mußt du bedenken. Überlege es dir in aller Ruhe. Du polterst jetzt nur ärgerlich. Zugeständnisse sollst du mir heute noch nicht machen.«

»Das fällt mir auch gar nicht ein.«

»Du kannst mich und ihn auf die härtesten Proben stellen – wir bestehen sie alle beide. Schickst du ihn fort, so schickst du auch mich fort. Was du ihm antust, das tust du auch mir an. Ich habe Zeit, Vater, ich warte in

Geduld. Nimm ihn ruhig erst aufs Korn, prüfe ihn gründlich auf Herz und Nieren. Vielleicht kannst du ihm eine andere Anstellung geben, wo er besser zeigen kann, was er zu leisten vermag. Ich glaube, er hat noch mehr Qualitäten. Er ist ein wertvoller Mensch, und weil ich das erkannt habe, liebe ich ihn.«

Der alte Herr stand mitten im Zimmer; er sah hart und streng aus. Aber Maud kannte ihren Vater – sie wußte, daß trotz allem ihre Sache nicht verloren war. Heute und morgen, das war ihr klar, ging er nicht auf ihren Wunsch ein. Er mußte sich erst mit dem Gedanken vertraut machen, daß Rutland sein Schwiegersohn werden sollte.

Sie umarmte ihren Vater. Ihm einen Kuß auf die Wange drückend, sagte sie frisch und munter:

»Jetzt gehen wir zu Tisch und begraben das Kriegsbeil.«

»Mir ist der Appetit vergangen«, brummte er.

»Der kommt schon wieder. Und trotz deiner strengen Miene – ich habe ein felsenfestes Vertrauen zu meinem Vater und weiß sicher, daß er mich nicht unglücklich machen will. Und wenn ich in dieser Sache etwas gegen deinen Willen tue, mußt du dir sagen, daß es nicht anders geht. Du hast mich viel zu lieb, als daß du mich unglücklich machen könntest. Ich habe mein Herz nicht an einen Unwürdigen gehängt – ich weiß, was ich dem Namen Stemberg schuldig bin. Rutland ist im Grunde ein Mann nach deinem Sinn, und deshalb wirst du, wenn du ausgebrummt und uns auf die Probe gestellt hast, deine Einwilligung geben.«

Stemberg hatte alle Selbstbeherrschung nötig, um unter diesen liebevoll bittenden Worten seiner Tochter nicht weich zu werden. Und um sich vor einer völligen

Niederlage zu retten, löste er rasch ihre Hände von seinem Hals.

»Das werde ich nicht – fällt mir gar nicht ein. Ich tue, was ich will, Punktum!«

Sie kannte ihren Vater und wußte, daß er, halb besiegt, hinter seine Strenge flüchtete. Sie hängte sich in seinen Arm, sah ihn von der Seite an und sagte: »Und so wahr mein Vater mich über alles liebt, werde ich eines Tages Heinz Rutlands Frau. Punktum! Auf Wiedersehen!« Sie küßte ihn auf die Wange und ging schnell hinaus.

Er sah ihr eine Weile mit finsterer Stirn nach. Aber dann glättete sich langsam seine Miene. »So ein Racker! Aber sie ist eine echte Stemberg – und wenn sie etwas will, ist es ihr ernst mit der Sache. So war schon mein Vater, so bin ich auch. Ich werde doch mein Kind nicht unglücklich machen. Rutland – ein Teufelskerl – einfach ein Teufelskerl! Hm – ich muß mir die Sache reiflich überlegen – sehr reiflich.«

Und als er eine halbe Stunde später mit Maud an der Tafel des großen Speisezimmers saß, hüllte er sich in Stillschweigen. Damit wollte er seine Überlegenheit retten. Dieser sonst so eisenharte, fest entschlossene Mann, auf dessen leisesten Wink Tausende gehorchten, war ein schwacher Vater, weil er sein Kind wirklich über alles liebte.

VI

Am nächsten Vormittag ließ Stemberg Heinz Rutland zu sich rufen. Dieser hatte ein Gefühl, als stehe ihm Unangenehmes bevor. Er folgte dem Bürodiener, der ihn von der Teststrecke wegholte. Ruhig ging er durch die weitläufigen Höfe und Gebäude zum Hauptbau, in dem sich das Privatbüro des mächtigen Herrn befand.

Als er eintrat, saß Ernest Stemberg an seinem Schreibtisch. Eine Weile mußte Heinz Rutland stehenbleiben, ohne daß der Chef der Stemberg-Kompanie Notiz von ihm nahm. Dann wandte sich dieser um, mit einem strengen, unfreundlichen Gesicht, wie es der junge Mann noch nie an ihm gesehen hatte.

Richtig – es gibt also etwas Unangenehmes.

»Treten Sie näher!« Heinz trat neben den Schreibtisch und sah ihn mit großen furchtlosen Augen an.

Stembergs Augen flogen mit einem scharfen prüfenden Blick über die Gestalt Heinz Rutlands. Dieser trug, wie zumeist bei seiner Arbeit, einen Lederanzug, in dem seine kraftvolle, sehnige Gestalt so recht zur Geltung kam. In der Hand hielt er die Ledermütze, die er beim Einfahren der Motoren zu tragen pflegte. Kein Zug regte sich in seinem energischen Gesicht, aber er hatte die Zähne fest aufeinandergebissen, als wollte er allem Trotz bieten. Kein Wunder, daß Maud ihr Herz an ihn verloren hat. Er ist wirklich ein Prachtkerl, dachte Stemberg widerwillig anerkennend.

»Wissen Sie, weshalb ich Sie rufen lasse, Rutland?« fragte er endlich.

»Nein, Mister Stemberg.«

»Sie sollen es aber wissen. Oder glauben Sie, daß ich

Sie ungestraft mit meiner Tochter durch die belebtesten Straßen New Yorks promenieren lasse, in der sie fast jeder kennt?«

Nun wußte er, weshalb er vor die höchste Instanz zitiert worden war. Er richtete sich mit einem Ruck ganz straff in die Höhe.

»Nein – ich habe es nicht geglaubt. Ich habe mir gleich gesagt, daß mir ein solches Glück nicht ungestraft vergönnt sein würde.«

»Nun also – Sie waren vorbereitet, wollten ja sogar zum Schafott gehen, wenn man Sie nur bei diesem Spaziergang nicht stören würde. War es nicht so?«

Die Stirn Rutlands rötete sich. Er erkannte aus diesen Worten, daß Maud Stemberg vor ihrem Vater diesen Ausspruch wiederholt habe. Jetzt war ihm alles einerlei: Seine Entlassung hatte er so gut wie in der Tasche – und Maud Stemberg lachte über ihn. Also wollte er sich wenigstens nicht noch demütigen lassen.

»Ja, Mister Stemberg, so war es«, sagte er fest und ruhig, obwohl Bitterkeit in ihm war.

»Hm! Na, auf das Schafott kann ich Sie natürlich nicht schleifen lassen, aber Sie waren sich ja klar darüber, daß Ihnen der Spaziergang mit meiner Tochter die Stellung kosten könnte – nicht wahr?«

»Jawohl, Mister Stemberg, ich habe vorausgesehen, daß es so kommen könnte.«

»Und trotzdem haben Sie es getan?«

»Ja – trotzdem.«

»Und warum?«

»Den wahren Grund kann ich Ihnen nicht sagen, außerdem war es Miß Stembergs Wille, das genügt wohl.«

»Das genügt mir nicht. Das hat mir meine Tochter schon selbst gesagt. Ich will auch den anderen Grund, den wahren, wissen.«

»Ich bedauere, den kann ich nicht verraten.«

Stembergs Augen bohrten sich in die des jungen Mannes.

»Also doch feige! Meine Tochter behauptet, Sie seien sehr kühn, und bewundert diese Kühnheit. Aber es ist etwas anderes, wenn man vor jungen Ladys mit Kühnheiten brilliert, als wenn man sie ihren Vätern gegenüber vertreten soll.«

»Feige hat mich ungestraft noch niemand nennen dürfen – das hat bisher noch kein Mensch gewagt. Sie sind der erste, und ich kann Sie leider nicht zur Rechenschaft ziehen. Nicht, weil Sie der Chef der Stemberg-Kompanie und ein mächtiger Mann sind, sondern nur deshalb, weil Sie Miß Stembergs Vater sind. Bedanken Sie sich bei Ihrer Tochter«, sagte er mit bebender Stimme.

Stemberg wandte sein Gesicht ab, um ein Lächeln zu verbergen.

Der Teufelskerl ist imstande, mir an den Kragen zu gehen. Schneid hat er, dachte er bei sich.

Dann wandte er sich ihm wieder zu und sah ihn von unten herauf forschend an.

»Also, Sie wollen mir den wahren Grund nicht sagen?«

»Wenn es sein muß, sollen Sie ihn hören. Ich habe Miß Stembergs Aufforderung, sie zu begleiten, nur zu gerne Folge geleistet, weil ich sie liebe.«

»Sie sind allerdings sehr kühn!«

»Ich wollte Ihnen nur beweisen, daß ich nicht feige

bin. Sie brauchen also meine Erklärung nicht gehört zu haben oder ihr keine Beachtung zu schenken.«

»So? Ich soll die Tatsache, daß einer meiner Angestellten es wagt, mir zu erklären, daß er meine Tochter liebt, nicht beachten?«

»Ich habe Ihnen gesagt, was Sie wissen wollten – und nur, weil Sie mich reizten –, sonst hätte ich es für mich behalten.«

»Ich verbiete Ihnen aber, meine Tochter zu lieben«, grollte Stemberg.

Heinz Rutland war nicht so hellhörig wie Maud Stemberg, kannte auch ihren Vater nicht so gut – sonst hätte er noch etwas anderes als Groll aus seiner Stimme herausgehört.

Es flog fast ein Lächeln über Heinz Rutlands Gesicht – allerdings ein Lächeln voller Bitterkeit.

»Das kann mir kein Mensch und keine Macht der Welt verbieten, Mister Stemberg; ich kann lieben, wen ich will, solange sich keine Wünsche und Forderungen mit meiner Liebe verbinden.«

»So einsichtsvoll sind Sie also doch, um sich zu sagen, daß Sie keine Wünsche und Forderungen daran knüpfen können?«

Ein hartes Lachen voll Trotz und Bitterkeit lag auf den Lippen des jungen Mannes.

»O ja, so einsichtsvoll bin ich. Miß Stemberg hat anscheinend in Langeweile ihren Spott mit mir getrieben. Es hat ihr wohl Spaß gemacht, und sie hat ihrem Vater amüsiert wiedererzählt, was so ein armer Tor wie ich in der Aufwallung eines echten Gefühls hervorgestoßen hat. Das ist Strafe genug für einen Mann meiner Art, Mister Stemberg. Und wenn Sie dieser Strafe noch meine Entlassung hinzufügen, habe ich wohl zur Genüge mein Verbrechen gesühnt.«

Eine Weile blieb es jetzt still in dem elegant ausgestatteten Büro. Stemberg sah starr vor sich hin. Gerade in seiner trotzigen Bitterkeit hatte ihm der junge Mann mehr von seinem echten Gefühl verraten, als wenn er ihm seine Liebe in feurigen Worten beteuert hätte. Diese Bitterkeit fand den Weg zu seinem Herzen. Er hätte ja nur, um Heinz Rutland für alle Zeit von Maud zu trennen, ihn in dem Glauben zu lassen brauchen, daß Maud sich über ihn lustig gemacht hatte. Aber das brachte er nicht über sein redliches Herz.

Nach einer langen Pause hob er langsam den Kopf und sah Heinz in das starre Gesicht, in dem die Muskeln vor unterdrückter Erregung zuckten.

»Sie sind im Irrtum, Rutland, meine Tochter hat keinen Spott mit Ihnen getrieben. Sie hat mir einfach erzählt, was Sie miteinander gesprochen haben. Sie hat kein Geheimnis vor mir.«

Heinz stieß einen befreienden Seufzer aus. Die Züge seines Gesichts verloren das Starre, Trotzige.

»Ich danke Ihnen, daß Sie mir das sagen, Mister Stemberg – nun kann ich doch ohne Bitterkeit an die Stunde zurückdenken, die wohl die glücklichste meines Lebens war. Meine Entlassung nehme ich nun ohne Murren hin.«

Heinz ahnte nicht, daß der alte Herr etwas wie Rührung niederzwingen mußte, ehe er antwortete:

»Wer sagt Ihnen denn, daß ich Sie entlassen will?«

»Ich habe es als selbstverständlich erwartet, daß Sie mich durch Entlassung strafen würden.«

»Wofür denn strafen?« stieß der alte Herr widerwillig

hervor. »Daß Sie den Wunsch meiner Tochter erfüllten? Daß Sie meine Tochter lieben? Sie sagten doch soeben: Ich kann lieben, wen ich will, solange sich keine Wünsche und Forderungen mit meiner Liebe verbinden. Nun wohl – Sie sollen mir jetzt Ihr Ehrenwort geben, daß Sie nie daran gedacht haben, daß – daß Maud sich Ihretwegen deklassieren könnte.«

»Dieses Ehrenwort kann ich Ihnen geben. Ich weiß, daß Miß Stemberg mir unerreichbar ist. Aber ich kann Ihnen mein Ehrenwort nicht verpfänden, daß ich keine Wünsche und Hoffnungen hege, sie wiederzusehen, mich wenigstens von weitem an ihrem Anblick zu erfreuen. Dann müßte ich schon nicht mehr leben und atmen können.«

»Well! Damit bin ich einverstanden. Geben Sie mir nur noch Ihr Wort, daß Sie es niemals wagen werden, meine Tochter um ihre Hand zu bitten.«

Ein bitteres Lächeln lag um den Mund des jungen Mannes. »Jetzt treiben Sie Ihren Spott mit mir. Wie sollte ich das? Aber wenn Sie wünschen – ich gebe Ihnen auch darauf mein Ehrenwort.«

»Sie sind sehr kühn!«

»Es ist nicht kühn, wenn man Unmögliches vom Schicksal fordert – es ist unsinnig.«

»Ich nehme Sie beim Wort.«

»Sie haben es!«

»Gut! Und nun will ich Ihnen sagen, daß ich Sie nicht entlassen, aber dafür sorgen werde, daß Sie meiner Tochter vorläufig aus den Augen kommen.«

»Daß ich Miß Stemberg aus den Augen komme? Warum ist das nötig?«

Mister Stemberg sah ihn mit großen Augen an.

»Weil sie sich Ihretwegen weigert, meinen Neffen Fred zu heiraten, wie ich es wünsche. Kurzum, ich will meiner Tochter ihre Narreteien austreiben ...«

Er kam nicht weiter, mitten im Satz mußte er innehalten, weil ihn das strahlende Leuchten in Heinz Rutlands Augen verstummen machte. Erst nach einer Weile fuhr er fort:

»Weshalb sehen Sie plötzlich aus, als hätten Sie das große Los gewonnen?«

»Weil mich Ihre Worte sehr glücklich machen; sie verraten mir, daß – daß ich Miß Stemberg nicht gleichgültig bin.«

»Da habe ich eine Dummheit gemacht, daß ich Ihnen das verraten habe. Aber zum Glück habe ich Ihr Ehrenwort, daß Sie nie um die Hand meiner Tochter anhalten werden.«

Über Heinz Rutlands Gesicht zog ein Schatten. Aber dann brach doch wieder das glückselige Leuchten durch.

»Ich habe Ihnen mein Ehrenwort darauf gegeben, und das werde ich halten. Aber – daß ich ihr eines Tages, wenn mir der Himmel ein Wiedersehen mit ihr beschert, sagen werde, daß ich sie liebe – das werden Sie nicht verhindern können«, sagte er erregt.

»Das nicht – das tut auch nichts zur Sache. Ich verlasse mich auf Ihr Wort, das genügt mir. Und ich werde dafür sorgen, daß Sie ihr aus den Augen kommen. Ich habe eine andere Verwendung für Sie. Ich habe schon lange erkannt, daß Sie zu schade sind für den Posten, den Sie in der Kompanie bekleiden. Ich kann Männer wie Sie an anderer Stelle besser gebrauchen und habe schon einen Posten für Sie in Aussicht. Sie wissen, daß ich drüben in Philadelphia noch eine Zweigniederlassung habe. Dort werden nicht Motoren, sondern Karosserien für unsere Autos gebaut. Und weil ich dort nicht so nach dem Rechten sehen kann, wie ich möchte, ist da ein gewisser Schlendrian eingerissen. Der soll beseitigt werden – und dazu brauche ich einen Mann wie Sie. Sie sind eine energische, zielbewußte Persönlichkeit. Haben Sie Lust, diese Stellung anzutreten? Ich würde dann in den nächsten Tagen mit Ihnen nach Philadelphia hinüberfahren und Sie in Ihren neuen Wirkungskreis einführen. Diese Stellung ist natürlich viel höher dotiert als Ihre jetzige. Ich muß dort einen Mann haben, auf den ich mich unbedingt verlassen kann. Also – wollen Sie annehmen?«

Heinz Rutland stand eine Weile wie erstarrt. Was ihm da geboten wurde, war ein Glücksfall von weittragender Bedeutung. Und Philadelphia lag nicht weit von New York. Er würde sicher zuweilen herüberkommen und Stemberg Bericht erstatten müssen. Und überhaupt – das war ein großer Schritt aufwärts, der ihn wieder aus der Sphäre heraushob, in die er, nicht leichten Herzens, hinabgestiegen war, und – die so weit entfernt von jener war, in welcher Maud Stemberg lebte.

»Ob ich will, Mister Stemberg? Ich weiß nicht, was Sie dazu bewogen hat, mir eine solche Stellung anzubieten – aber das weiß ich, daß ich Ihnen sehr dankbar dafür bin. Und ich kann Ihnen nur das eine sagen: Alles, was ich bin und kann, will ich in Ihre Dienste stellen, nicht nur, weil Sie mir vorwärtshelfen – sondern auch, weil Sie der Vater von Miß Stemberg sind.«

»Wir sind also im reinen. Und jetzt gehen Sie vorläufig an Ihre Arbeit zurück. Ich sage Ihnen noch im Laufe des Tages, wann wir nach Philadelphia hinüberfahren.«

Heinz verneigte sich. »Nochmals ergebensten Dank.«
Stemberg winkte ab. Heinz verließ das Zimmer und begab sich ohne Zögern zurück an seinen Arbeitsplatz.

VII

Lächelnd sah Stemberg hinter ihm her.

»Ich kann es Maud wahrhaftig nicht verdenken, daß sie sich diesen Prachtkerl zum Mann wünscht. Und, mir scheint, er liebt sie wirklich. Nun – erst sollen sie mir beide eine Probe bestehen, ob sie heute in einem Jahr noch derselben Meinung sind und ob sich Rutland inzwischen bewährt hat, dann wollen wir weitersehen.«

Er erhob sich, um zu einer Konferenz zu gehen. Als sie beendet war, wollte er gerade einen Inspektionsgang durch die Werke machen, als seine Tochter erschien.

»Was führt dich hierher?«

»Ich wollte Mister Rutland bei der Arbeit zusehen«, sagte sie unbekümmert, als sei dies die selbstverständlichste Sache von der Welt.

»Ich gebe dir mein Wort – es wird heute das letzte Mal sein, daß du ihn auf der Teststrecke aufsuchst.«

»Ich glaube nicht, lieber Vater.«

»Ich glaube doch, liebe Tochter«, äffte er sie nach.

»Wenn du erlaubst: Ich habe nur Maßnahmen getroffen, daß du keine Dummheiten machen kannst.«

»Willst du mir nicht sagen, was für Maßnahmen du getroffen hast?« fragte sie unruhig.

Er spielte den Gleichmütigen, beobachtete sie aber

verstohlen. »Das will ich dir sagen. Erstens habe ich Rutland sein Ehrenwort abgenommen, daß er nie – hörst du –, nie um deine Hand anhalten wird.«

»Und – das hat er dir gegeben?« fragte sie zitternd.

»Ja – das hat er mir gegeben.«

Sie wurde totenblaß – wie er seine Tochter noch nie gesehen hatte. Krampfhaft preßte sie die Hände zusammen, und der Glanz in ihren Augen war erloschen.

»Dann liebt er mich nicht«, sagte sie leise, mit schmerzdurchbebter Stimme.

Er sah, wie sie bei diesem Gedanken litt, und brachte es nicht über sich, sie länger leiden zu lassen.

»Doch«, polterte er wie im höchsten Zorn los, »er besaß die Kühnheit, mir zu sagen, daß er dich liebt, und es gehe niemand etwas an. Und sein Ehrenwort, daß er nie um deine Hand anhalten würde, hat er mir nur gegeben, weil er geglaubt hat, du habest deinen Spott mit ihm getrieben. Du hättest sein finsteres Gesicht sehen sollen. Aber so viel Vernunft hatte er noch, einzusehen, daß die Tochter Sternberg für ihn unerreichbar ist. Daß er auch darauf verzichten solle, dich zu sehen, das könne er nicht versprechen – da müsse er schon nicht mehr leben und atmen. Einfach närrisch ist er, dieser – dieser – ich finde keine Bezeichnung für ihn, die meine Entrüstung ausdrückt.«

In Mauds Wangen war langsam die Farbe wiedergekommen. Als der Vater diese zornige Rede beendet hatte, sprang sie auf und fiel ihm glücklich lachend um den Hals.

»Ist es wahr – liebt er mich?«

»Na – was sonst! Eine Frechheit, mir das zu sagen.«

Sie lachte ihn an, daß die Grübchen in ihren Wangen

spielten. »Ich finde es wundervoll, daß er dir das gesagt hat.«

Er mußte sehr an sich halten, um nicht aus der Rolle zu fallen. »So? Na bitte, finde es wundervoll. Ich habe jedenfalls die nötigen Schritte unternommen, um dir diese Torheit gründlich auszutreiben.«

»Was hast du getan, Vater?«

»Ich habe ihm per sofort gekündigt. Er ist heute den letzten Tag Einfahrer der Sternberg-Kompanie.«

Nun sah sie ihn mit großen bangen Augen an. »Das ist grausam von dir, Vater! Du machst diesen armen Menschen brotlos, weil er deine Tochter liebt. Das hätte ich nie von dir geglaubt.«

Also hatte er seine Rolle gut gespielt. »Ja, so grausam bin ich. Und von New York bringe ich ihn auch noch fort.«

»Das wird dir nicht gelingen! Er geht nicht – ohne mich.«

»Doch – er geht.«

»Dann gehe ich mit ihm.«

»Untersteh dich! Ich habe dir doch gesagt, daß er mir sein Ehrenwort gegeben hat, nie um deine Hand anzuhalten. Als was willst du ihn dann begleiten?«

Ihre Augen blitzten entschlossen. »Wenn er nicht um meine Hand anhalten darf, dann werde ich einfach um die seine anhalten«, stieß sie zornig hervor.

Das dachte ich mir doch! konstatierte er heimlich. Aber er sah sie strafend an.

»Du wärst dazu imstande! Aber das sage ich dir, ein Mann verachtet eine Frau, die sich ihm anbietet.«

Ihre Lippen zuckten. Aber sie atmete einmal tief und sagte tapfer:

»Ich werde es schon so tun, daß er mir seine Achtung nicht versagt.«

»Darauf ließe ich es an deiner Stelle lieber nicht ankommen.«

»Du läßt mir ja keine Wahl. Was soll ich tun?« sagte sie mit herzzerreißendem Ausdruck.

»Du sollst tun, was dein Vater wünscht, und ihn nicht betrüben.«

»Du betrübst mich mehr, als ich dich je betrüben könnte. Nie hätte ich von dir geglaubt, daß du so grausam sein könntest.«

»Ich bin nicht grausam, Maud. Ich habe Rutland eine glänzende Stellung angeboten. Daß er Testfahrer ist, paßt mir nicht, er hat das Zeug für andere Posten. Er geht nach Philadelphia in die Karosserieabteilung der Stemberg-Kompanie – vorläufig als Abteilungsleiter.«

Maud stutzte. Dann sah sie ihren Vater forschend an und bemerkte ein heimliches Lachen in seinen Augen. Mit einem tiefen, befreienden Seufzer schlang sie die Arme um seinen Hals.

»Jetzt wäre ich beinahe an dir irre geworden – beinahe wäre mein Vertrauen zu dir ins Wanken gekommen. Aber nun verstehe ich dich. Du willst Rutland nach Philadelphia schicken, um uns auf die Probe zu stellen, willst sehen, ob unsere Liebe eine Trennung übersteht. Und du gibst ihm diesen neuen Posten, damit er aufsteigen kann – damit sich nicht ein Werkseinfahrer um Mister Stembergs Tochter bewirbt.«

»Du vergißt, daß sich Rutland durch sein Ehrenwort verpflichtet hat, das nie zu tun. Und daß meine Tochter sich ihm nicht anträgt, erwarte ich als selbstverständlich.«

Aber jetzt konnte er Maud nicht mehr irre machen.

»Dann wird dir nichts übrigbleiben, als Rutland eines Tages selbst zu bitten, daß er deine Tochter heiratet.«

Diesen Ausweg hatte er sich auch schon zurechtgelegt. Daß Maud daraufkam, brachte ihn zum Lachen. Aber er zwang sich gleich wieder zum Ernst.

»Ich werde mich hüten, meine Tochter anzubieten.«

»Das wird sich alles finden. Jetzt kannst du mich nicht mehr täuschen. Wann geht Rutland nach Philadelphia?«

»In zwei oder drei Tagen – sobald ich abkömmlich bin.«

»Du begleitest ihn?«

»Ich muß ihn doch in seinen neuen Wirkungskreis einführen.«

»Führe ihn nur gut ein, Vater, Vergiß nicht, daß er eines Tages dein Schwiegersohn sein wird.«

»Das wird er nicht.«

»Das wird er doch! Jetzt kannst du mich nicht mehr schrecken. Und nun gehe ich zu ihm.«

»Wozu? Fahre lieber wieder nach Hause.«

»Nein, ich muß erst Abschied nehmen von Rutland.«

»Das muß nicht sein.«

»Es ist sehr nötig.«

»Es ist überflüssig.«

»Es muß sein, Väterchen – wie sollen wir beide diese Trennung ertragen, wenn wir uns nicht verabschiedet haben?«

Und ohne eine Antwort abzuwarten, lief sie hinaus.

Er sah ihr nach und schüttelte den Kopf. »Sie wickelt ihren alten Vater einfach um den Finger. Was soll ich machen? Aber erst will ich diesen Rutland noch scharf aufs Korn nehmen, ob er so tüchtig ist, wie es den

Anschein hat. Mal sehen, was von der großen Liebe übrigbleibt. Freilich – sie ist eine Stemberg und hält fest, was einmal in Kopf und Herzen sitzt.«

Maud war im Lift hinuntergefahren und betrat eine riesige offene Halle, in der eine große Anzahl fertiger und halbfertiger Autos standen. Diese Halle stand am Anfang der großen, tadellos gebauten Teststrecke, auf der die Stemberg-Kompanie die fertigen Motoren einfahren ließ.

In der Halle befand sich jetzt kein Mensch außer einem Arbeiter, der in der angrenzenden Benzinkammer hantierte.

Maud spähte die Strecke entlang. Sie sah ein Auto in rasendem Tempo dahinfliegen, es nahm gerade am anderen Ende der Bahn die Kurve. Nun mußte es zur Halle zurückkehren.

Sie stand und wartete, in ihren Ledermantel gehüllt. Die Hände hatte sie tief in die pelzgefütterten Taschen vergraben. Man sah nicht viel mehr von ihr als den oberen Teil des Gesichts und einige goldbraune Löckchen, die sich unter der Mütze hervorstahlen.

So erblickte sie Heinz Rutland, als er nach kurzer Zeit in die Halle fuhr. Als der Wagen hielt, trat sie zu ihm.

»Good morning, Mister Rutland.«

»Guten Morgen, Miß Stemberg«, erwiderte er, tief atmend in ihr Gesicht sehend.

»Haben Sie einige Minuten Zeit?«

»Gewiß, Miß Stemberg, für einige Minuten kann ich meine Arbeit unterbrechen.«

»So steigen Sie aus. Wir wollen ein Stück die Strecke entlanggehen.«

Er schüttelte den Kopf. »Ich bin im Dienst und kann

diesen Wagen jetzt nicht verlassen. Zum Spazierengehen habe ich keine Zeit.«

»Dann werde ich zu Ihnen steigen. Bitte, machen Sie Platz.«

»Sie haben mir doch versprochen, keine Probefahrt mehr mit mir zu machen.«

»Sie können den Wagen ganz langsam fahren lassen, das muß ja schließlich auch ausprobiert werden, nicht wahr?«

»Allerdings.«

»Nun also!« Damit setzte sie sich neben ihn.

»Miß Stemberg!« rief er mahnend.

Lachend sah sie ihn an.

»Sie sind wohl in Sorge, daß mein Vater nochmals ein Strafgericht abhält?«

»Sie wissen?«

»Daß Sie als Einfahrer entlassen werden, weiß ich. War Vater sehr schlimm zu Ihnen?«

Er ließ den Wagen langsam aus der Halle auf die Bahn hinausrollen.

»Nein, er war im Gegenteil sehr großmütig – obwohl ich ihn reizte. Ich bin noch etwas aus der Fassung. Wissen Sie, daß mir Ihr Herr Vater die Stellung eines Abteilungsleiters in Philadelphia angeboten hat?«

»Ich weiß! Und ich bin hierhergekommen, um von Ihnen Abschied zu nehmen. Freuen Sie sich, daß Sie nun nicht mehr Einfahrer zu sein brauchen?«

»Ich würde Halleluja singen, wenn es nicht trotz allem eine Strafversetzung wäre – damit ich Ihnen aus den Augen komme. Ihnen tut es vielleicht nichts, Miß Stemberg – aber mir.«

Nun atmete sie auch tief. »Mir auch.«

Atemlos sahen sie sich eine Weile in die Augen. Dann löste er langsam den Blick, weil er aufs Steuer achten mußte. Vorwurfsvoll sagte sie:

»Sie haben meinem Vater ein sehr grausames Versprechen gegeben.«

»Ja – weil ich keine Hoffnung sah. Erst, als ich es gegeben hatte, erfuhr ich etwas, das mich gehindert hätte, mein Ehrenwort zu geben.«

»Was erfuhren Sie?«

»Darf ich es Ihnen sagen?«

»Sagen Sie es mir.«

»Ich erfuhr – Miß Maud –, daß ich Ihnen nicht gleichgültig bin.«

»Haben Sie das nicht längst gewußt, Mister Rutland?«

»Ich wagte es nicht zu hoffen – ich glaubte, es sei nur eine Laune, was Sie bewog, so liebenswürdig zu mir zu sein.«

»Launenhaft bin ich nicht.«

»Das weiß ich nun – und ich finde Sie wundervoll«, sagte er mit verhaltener Stimme.

»Sie werden mich nicht vergessen, wenn Sie in Philadelphia sind?«

»Wo ich auch sein werde – nie kann ich Sie vergessen.«

»Das ist gut! Gehen Sie ruhig nach Philadelphia, und glauben Sie nicht, daß es eine Strafversetzung ist. Im Gegenteil – mein Vater hat viel mit Ihnen vor –, vertrauen Sie auf ihn, wie ich es tue. Er stellt sich nur so bärbeißig – aber er wird nie etwas tun, was mich unglücklich machen könnte.«

»Und es würde Sie unglücklich machen, wenn Ihr Herr Vater sich ernsthaft zwischen uns stellte?«

Sie nickte energisch.

»Miß Maud, wenn Sie wüßten, wie es in mir aussieht!«

»Ich weiß es sehr gut – und nun fahren Sie mich bitte in die Halle zurück, ich will nach Hause. Mein Vater soll sehen, daß ich vernünftig bin.«

Fügsam fuhr er sie zurück, sprang von seinem Sitz und half ihr beim Aussteigen. Dabei legte sie beide Hände in die seinen, und so sahen sie sich in die Augen. Mit einem Seufzer gab er dann ihre Hände frei und trat zurück. »Leben Sie wohl, Miß Maud«, sagte er heiser.

»Mister Rutland, wir sehen uns wieder. Ich will Ihnen zum Abschied noch etwas verraten. Seien Sie guten Muts, wie ich es bin. Mein Vater will uns nur auf die Probe stellen. Und – wir werden die Probe bestehen – nicht wahr?«

»Aber – ich gab mein Wort, daß ich nie um Ihre Hand anhalten werde.«

Ein süßes Lächeln umspielte ihren Mund. »Würden Sie sehr schlimm von mir denken, wenn ich – ich meine – verstehen Sie nicht, was ich sagen will?«

Er faßte ihre Hand und führte sie an seine Lippen, an seine Augen.

»Miß Maud – liebe Miß Maud, habe ich Sie recht verstanden – *Sie wollten ...*«

Sie nickte und riß ihre Hand los. Dann warf sie eigenwillig den Kopf zurück. »Wenn man uns keine andere Wahl läßt, dann tue ich es. Und wenn Vater nicht will, daß ich es tue, dann muß er selbst – ach –, darum wollen wir uns jetzt noch nicht sorgen. Ich bin ganz ruhig – seien Sie es auch. Auf Wiedersehen!«

»Auf Wiedersehen – und Dank, innigen Dank für das Glück dieser Stunde.«

Er sah strahlend hinter ihr her. Sein Blick hing an ihrer graziösen Erscheinung, wartete sehnsüchtig, daß sie sich noch einmal nach ihm umdrehte. Sie tat es auch und winkte ihm mit der Hand noch einen Abschiedsgruß zu.

Und dann fuhr er im rasenden Tempo die Teststrecke entlang. Er mußte etwas tun, um den Sturm in seiner Brust sich austoben zu lassen.

Kurze Zeit darauf tauchte Stemberg in der Halle auf und gab Heinz ein Zeichen, näher zu kommen.

»Sie fahren ja wie der Teufel, Rutland.«

Dieser strahlte ihn fast übermütig an.

»Nein, Mister Stemberg – wie ein Gott –, ich möchte am liebsten fliegen.«

»So? Aber bitte ohne meinen Motor. War meine Tochter hier?«

»Ja, Mister Stemberg. Sie ist eine Runde mit mir gefahren, aber ich habe ein ganz langsames Tempo genommen.«

»Hm! Nun – Sie brauchen morgen nicht wiederzukommen. Treffen Sie Ihre Vorbereitungen zur Übersiedlung nach Philadelphia, und halten Sie sich für übermorgen früh zur Abreise bereit.«

Der alte Herr winkte ihm zu und ging langsam davon.

Heinz sah ihm eine Weile nach.

Wie ein König durchschreitet er sein Reich – und ich bin sein letzter Diener. Aber ich liebe des Königs Tochter – und sie liebt mich wieder.

VIII

Traude Karsten war am ersten November bei Señora Guarda angetreten. Sie bezog im Hotel Adlon das Zimmer, das Fräulein Schwind bewohnt hatte. Und noch etwas unsicher, aber voll guten Willens, verrichtete sie ihr Obliegenheiten.

Am Abend las sie der Señora noch ein Stündchen vor. Wohlgefällig lauschte diese der weichen, ausdrucksvollen Stimme.

»Nun ist es genug für heute, liebes Kind. Ich freue mich auf die nächste Lesestunde. Es ist ein Genuß, Ihnen zuzuhören.«

»Das freut mich, Señora. Ich selbst kann das ja nicht beurteilen.«

»Ich habe Sie übrigens noch gar nicht gefragt, wie Sie mit Ihren Verwandten auseinandergekommen sind. Hatten Sie einen schlimmen Stand?«

»Leicht war es nicht. Seit ich die Stellung bei Ihnen angenommen hatte, entdeckten Onkel und Tante plötzlich, daß ich unersetzlich sei.«

»Ja, ja – so kann es einem ergehen, aber ich freue mich für Sie, daß Sie sich endlich losgemacht haben. Ich wünschte, das Schicksal hätte es auch ein wenig gut mit mir gemeint! Doch nun bin ich ganz arm geworden.«

»Haben Sie nichts mehr über Ihren Sohn in Erfahrung bringen können, Señora?«

»Nein – nichts. Seinen Namen auf der Vermißtenliste, das ist alles.«

»Ist er zu Beginn des Krieges als vermißt gemeldet worden?«

»Nein, erst in den letzten Wochen.«

»So erging es meinem Bruder auch, Señora. In den letzten Wochen ist alles drunter und drüber gegangen. Vielleicht lebt Ihr Sohn doch noch – vielleicht sogar in Deutschland.«

»Ich habe keine Kraft mehr zu hoffen. Aber als Sie mir neulich zuredeten, habe ich mich doch noch einmal aufgerafft, etwas in der Sache zu tun. Ein Verwandter von mir, der momentan gleichfalls hier im Hotel wohnt, hat auf meinen Wunsch ein uns empfohlenes Auskunftsbüro beauftragt, jemand zu mir zu schicken. Ich habe diesem Mann alle nötigen Angaben gemacht, und er hat mir erklärt, daß ich in einigen Monaten zumindest Gewißheit erhalten soll, ob mein Sohn gefallen ist. Es soll eine gründliche Nachforschung in die Wege geleitet werden, und da es mir auf Geld nicht ankommt, ist mir ein Resultat in Aussicht gestellt worden. Aber Hoffnung habe ich dennoch nicht mehr.«

»Ich wünsche Ihnen, daß Sie doch noch gute Nachrichten erhalten. Ich war auch ganz hoffnungslos, als ich den Namen meines Bruders auf der Vermißtenliste sah. Und dann stand er eines Tages heil vor mir, wenn auch in einer schrecklichen Gemütsverfassung. Und dennoch steht sein Name noch heute auf der Vermißtenliste. Es hat niemand gegeben, der diese Liste korrigiert. So kann auch Ihr Sohn wieder aufgetaucht sein, ohne daß es ordnungsgemäß eingetragen worden ist.«

»Liebes Kind, lassen Sie uns von anderen Dingen reden, die mich nicht so schmerzen. Mir fällt eben ein, daß mein Verwandter Ihnen nicht ganz fremd ist. Er hat neulich, als Sie bei mir waren, unten im Vestibül einige Worte mit Ihnen gesprochen.«

Verräterische Röte stieg in Traudes Wangen.

»Ich sprach allerdings mit einem Herrn, der mir einige Tage vorher einen ritterlichen Dienst erwiesen hatte.«

»Er erzählte mir davon.«

»Ich hätte den Herrn für einen Nordamerikaner gehalten.«

»Das ist er auch, er ist in New York geboren, sein Vater und sein Großvater waren Deutsche. Er geht übrigens mit uns nach Montevideo, wo er für die Stemberg-Kompanie eine Filiale einrichten will.«

Traude horchte auf.

»Für die Stemberg-Kompanie?«

»Ja – er heißt selbst Stemberg. Er und sein Onkel Ernest sind die Inhaber der Firma. Weshalb fiel Ihnen der Name auf?«

»Es ist ein seltsamer Zufall – mein Bruder ist als Testfahrer bei der Stemberg-Kompanie eingestellt worden.«

»Die Welt ist klein. Ein wenig hänge auch ich mit der Stemberg-Kompanie zusammen. Durch meinen verstorbenen Mann bin ich mit den beiden Inhabern verwandt. Die Verwandtschaft ist ziemlich weitläufig, aber wir rechnen uns gern als Verwandte, weil wir uns sympathisch sind. Der hier weilende Fred Stemberg nennt mich Tante, und ich erkenne ihn gern als Neffen an, da er ein prächtiger Mensch ist. Ihr Bruder wird seinen Weg machen, wenn er tüchtig ist. Ernest Stemberg ist der rechte Mann, seine Leute nach ihrem Können zu bewerten. Hoffen wir, daß er in Ihrem Bruder Fähigkeiten entdeckt, die ihn interessieren! Dann wird er nicht lange Testfahrer bleiben.«

»Das Schicksal muß es doch gut mit mir meinen, daß es mich gerade zu Ihnen geführt hat, Señora.«

»Nun – wir wollen sehen. Es sollte mich freuen. Aber jetzt wollen wir zu Bett gehen; es ist spät geworden, und Sie werden müde sein.«

Traude war allerdings todmüde. Aber sie wäre gern noch länger aufgeblieben.

Sie begleitete die Señora in ihr Schlafzimmer und half ihr flink und geschickt beim Auskleiden. Auch bürstete sie ihr sorgsam das noch sehr volle graue Haar.

Die alte Dame nickte ihr lächelnd zu.

»Sie haben eine leichte Hand und Verständnis für alles, was einer alten Frau behaglich ist«, sagte sie. »Aber nun will ich Sie nicht länger aufhalten. Gute Nacht.«

»Gute Nacht, Señora, ich wünsche Ihnen eine angenehme Ruhe.«

»Danke, liebes Kind.«

In ihrem Zimmer fiel Traude in einen Sessel und dachte nun erst einmal darüber nach, wie sie sich während der Reise Mister Stemberg gegenüber würde verhalten müssen. Einesteils freute sie sich, daß er mit nach Montevideo ging, andererseits fürchtete sie sich davor. Und das Herz klopfte ihr, wenn sie an den Blick seiner hellen grauen Augen dachte.

Gewaltsam versuchte sie, an etwas anderes zu denken. Und da fiel ihr Rosita ein, die Kammerfrau der Señora, vor der sie ihre Vorgängerin gewarnt hatte. Rosita war also für die Zukunft ein dunkler Punkt. Aber wenn sie auch bösartig sein sollte, in der Señora würde sie einen Halt haben. Warum sich also von den Eifersüchteleien einer Dienerin schrecken lassen?

Am nächsten Morgen beim Frühstück, das die Señora in Traudes Gesellschaft einnahm, kam diese selbst auf Rosita zu sprechen.

»Sie ist in meinen Diensten, seit ich mich mit meinem zweiten Mann vermählt hatte, und war zuvor schon in seinem Haus angestellt. Sie ist Portugiesin, wie auch mein Mann Portugiese war, und hält nicht viel von den Deutschen. Daß auch ich eine Deutsche bin, ignoriert sie konsequent, ich bin in ihren Augen durch meine Heirat Portugiesin geworden. Ihre Anhänglichkeit an mich datiert von dem Tag an, da sie mich zum erstenmal singen hörte. Ich war ganz allein zu Hause und probierte einige Lieder. Danach stürzte sie mir zu Füßen, schluchzte und sagte, ich sei ein Engel. Sie war schon damals ein wenig närrisch. Jedenfalls war sie von diesem Tage an von einer fanatischen Anhänglichkeit. Sie will niemand in meiner Nähe dulden und gönnt keinem Menschen ein gutes Wort, ein freundliches Lächeln von mir. Daß ich sie nicht mit auf Reisen nehme, empfindet sie als Strafe; aber sie ist schon bald siebzig Jahre, da will ich ihr die beschwerliche Reise nicht mehr zumuten. Rosita betrachtet das jedoch als Zurücksetzung. Wenn ich sie nicht mitnehmen kann, soll ich auch nicht auf Reisen gehen, das ist ihre Ansicht. Und wer sie mir auf Reisen ersetzt, ist ihr Feind. Aber sie knurrt nur wie ein treuer Hund und zeigt die Zähne, aber sie beißt nicht.« Und dann sagte die Señora mit einem behaglichen Lächeln:

»Ich bin doch sehr froh, daß ich jetzt beim Frühstück Gesellschaft habe. Sie sollen auch bei den anderen Mahlzeiten dabeisein. Ich möchte Sie immer an meinem Tisch sehen.«

»Ich betrachte es als eine Auszeichnung, Señora, daß Sie mir das gestatten wollen.«

Am Nachmittag ließ sich Mister Stemberg bei der Señora melden.

Traude wurde glühendrot, und das sah die Señora im Spiegel. Es gab ihr zu denken. Sie ließ Stemberg bitten, im Salon auf sie zu warten. Und als der Boy wieder verschwunden war, sagte sie:

»Bitte, begleiten Sie mich hinüber, Fräulein Karsten, ich will Sie meinem Neffen vorstellen, Sie werden während der Reise oft mit ihm zusammensein.«

Traude klopfte das Herz bis zum Hals. Und als sie hinter der Señora in den Salon getreten war und Fred Stemberg sie artig begrüßte, errötete sie von neuem.

Fred fragte die alte Dame höflich nach ihrem Befinden. Dann wandte er sich mit einem Lächeln an Traude:

»Es ist alles Bestimmung, Fräulein Karsten. Das Schicksal hat es sicher nicht ohne Absicht arrangiert, daß mein Chauffeur Sie mit dem Wagen streifte. Es freut mich jedenfalls, Sie wiederzusehen und nun auch Ihren Namen zu wissen.«

»Mich freut es auch, Mister Stemberg, Sie wiederzutreffen. Es ist immer ein Gewinn, gute Menschen kennenzulernen.«

»Oh, no, ich bin nicht gut! Fragen Sie Tante Elisa«, sagte er lachend und abwehrend, während seine Augen auf ihrem leicht geröteten Gesicht ruhten.

»Wenn Sie mich zum Zeugen anrufen, lieber Fred, so kann ich Fräulein Karsten nur beipflichten. Auch ich kenne Sie als einen guten Menschen.«

»Da werde ich verlegen, Tante Elisa. Anerkennung von zwei Seiten verpflichtet mich zu unerhörter Bravheit. Nun wollen wir aber von etwas anderem sprechen. Haben Sie schon gespeist, Tante Elisa?«

»Nein, Fred. Da ich auf Ihre Gesellschaft hoffte, habe ich auf Sie gewartet. Wenn Sie also keine Geschäftsfreunde zu Tisch haben, können wir zusammen speisen.«

»Ich bin fertig mit meinen Geschäften. Wenn es Ihnen recht ist, stelle ich mich Ihnen für die letzten Tage vor unserer Abreise noch ganz zur Verfügung.«

»Das ist mir sehr angenehm. Also gehen wir in den Speisesaal.«

Traude blieb unsicher stehen. Sie wußte nicht, ob sie die Señora begleiten oder zurückbleiben sollte.

Diese bemerkte ihre Unsicherheit.

»Kommen Sie, Fräulein Karsten, Sie essen mit uns. Ich setze voraus, Fred, daß Ihnen nicht unbedingt an einem Alleinsein mit mir gelegen ist«, sagte sie mit einem Lächeln.

Fred drückte dankbar ihren Arm.

So ging Traude mit in den Speisesaal, in dem fast alle Tische schon besetzt waren. Für Señora Guarda war ein Tisch reserviert. Hier nahmen sie Platz.

Traude war doch sehr beklommen zumute inmitten dieser eleganten internationalen Gesellschaft. Es speisten viele Ausländer hier, und Traude beschlich ein seltsames Gefühl, als Fred Stemberg ihr die Menükarte vorlegte. Sie dachte an die mehr als bescheidenen Mittagessen im Hause ihres Onkels. Wie oft hatte sie mit noch hungrigem Magen auf die bereits geleerte Gemüseschüssel geschaut. Fleisch gab es nur an Festtagen und in homöopathischen Dosen. Und hier wurden nun die köstlichsten Leckerbissen serviert. Sie verzehrte das

Menü mit wirklicher Andacht; und es machte ihrem guten Herzen alle Ehre, daß ihr durch den Kopf ging: Wenn doch Onkel und Tante auch einmal so köstlich speisen könnten!

Sie machte die Entdeckung, daß das Leben ein ganz anderes Gesicht hat, wenn man ihm mit gesättigtem Magen gegenübersteht. Sie kam sich leichter und freier vor. Stemberg war zu ihr ebenso liebenswürdig wie zu der Señora; er zeigte ihr, daß er sie als gleichberechtigt ansah. Außerdem hingen seine Augen immer wieder an Traudes reizendem Gesicht.

Was er wohl sagen wird, wenn er erfährt, daß mein Bruder als Testfahrer in seiner Firma angestellt ist, mußte sie denken.

Nach Tisch begab sich die Señora mit Traude auf ihr Zimmer, nachdem sie mit Fred Stemberg verabredet hatte, daß sie am Abend ein Theater besuchen wollten.

Es war keine Rede davon gewesen, daß Traude die Herrschaften ins Theater begleiten sollte, und sie nahm an, daß sie zu Hause bleiben würde.

Als die Damen im Salon waren, nahm die alte Dame in einem bequemen Lehnsessel Platz.

»Wünschen Sie jetzt zu schlafen, Señora?«

Lächelnd schüttelte diese den Kopf.

»Nein, Fräulein Karsten, ich schlafe mittags nie, weil ich dann nachts keinen Schlaf finde. Können Sie mir ein wenig vorlesen?«

Traude holte das Buch herbei, aus dem sie schon gestern abend vorgelesen hatte, und setzte sich der Señora gegenüber.

»Wie hat es Ihnen im Hotel geschmeckt?« fragte diese lächelnd.

»Mir ist seit gestern, als erlebte ich ein Märchen. Es war ein wundervolles Menü! Ich habe in den letzten Jahren oft hungern müssen. Solche Speisen, wie ich sie heute erhielt, habe ich wohl, als meine Eltern noch lebten, auf dem Tisch gesehen, aber seither nicht mehr.«

»Es freut mich für Sie, liebes Kind, daß ich Sie aus dieser Misere erlösen konnte.«

»Wenn ich Ihnen nur meine Dankbarkeit beweisen könnte! Hoffentlich sind Sie in allen Dingen zufrieden mit mir!«

»Da können Sie ohne Sorge sein. Und jetzt lesen Sie mir noch ein wenig vor. Ich werde die Augen schließen – glauben Sie nicht, daß ich schlafe. Ich tue es nur, um die Augen zu schonen.«

Traude las nun etwa eine Stunde lang vor. Dann richtete sich die Señora auf.

»Sie können mich begleiten, ich möchte noch ein wenig laufen.«

Sie verließen das Hotel und begegneten Mister Stemberg, der sich ihnen anschloß.

»Ich habe für heute abend eine Loge im Theater belegt, Tante Elisa. Der Berliner Vertreter der Stemberg-Kompanie und seine junge Frau nehmen die anderen Plätze ein.«

»Es ist recht, Fred. Sie haben doch auch einen Platz für Fräulein Karsten?«

Freds Augen strahlten auf.

»Selbstverständlich, Tante Elisa! Sie gehen doch hoffentlich gern ins Theater, Miß Karsten?«

»Ich glaube nicht, daß es eine junge Dame gibt, die auf diese Frage mit Nein antwortet«, sagte sie lächelnd. »Ich war seit Jahren nicht mehr im Theater.«

»Warum nicht?« fragte er harmlos.

Sie lächelte.

»Weil ich kein Geld dafür hatte, Mister Stemberg.«

Er sah sie ganz betreten an.

»Ich habe sehr dumm gefragt und war taktlos. Verzeihen Sie!«

»Es war weder dumm noch taktlos, Mister Stemberg, Sie konnten es doch nicht wissen.«

»Aber ich hätte es mir denken können. Zum Vergnügen nahmen Sie nicht eine Stellung an, wenn Sie auch bei Tante Elisa sehr gut aufgehoben sein werden.«

»Das ist mir schon klargeworden. Señora Guarda ist eine sehr gütige Dame.«

»Ach bitte – lassen Sie mich aus dem Spiel, ich möchte nicht rot werden«, scherzte die Señora.

Traude ging neben den beiden dahin, als schreite sie auf Wolken. Sie hätte jubeln mögen. Die Welt war mit einemmal für sie so wunderschön geworden.

»Was sagen Sie dazu; Miß Karsten, daß ich mit Tante Elisa und Ihnen die Reise mit der Cap Polonio machen werde?«

Das Blut schoß Traude ins Gesicht, zu Freds innigem Vergnügen.

»Was soll ich dazu sagen«, stammelte sie verlegen.

»Sehr erfreut scheint Miß Karsten nicht zu sein, Tante Elisa, daß ich an dieser Reise teilnehme«, sagte er scherzend.

»Ach, Mister Stemberg, es kommt mir nicht zu, Freude oder Mißfallen darüber zu äußern.«

»Es kommt Ihnen nicht zu? Warum nicht? Eine Lady hat das Recht zu sagen: Es gefällt mir, oder es gefällt mir nicht!«

Nun huschte doch ein Lächeln über Traudes Gesicht.

»Ich bin aber in diesem Fall keine Lady.«

»Sie sind Tante Elisas Gesellschafterin – und keine Dienerin.«

»Nein, Mister Stemberg, eigentlich bin ich nur die Kammerzofe der Señora. Nur ihre Güte hat mich zur Gesellschafterin avancieren lassen.«

Jetzt huschte ein Lächeln über der Señora Gesicht. Sie sah Fred von der Seite an.

»Mein liebes Fräulein Karsten – jetzt bringen Sie mich in die schönste Verlegenheit mit Ihrer fanatischen Wahrheitsliebe. Ich weiß nichts davon, daß ich Sie als Kammerzofe engagiert habe. Die Nichte des Herrn Geheimrats Karsten, die Schwester eines ehemaligen deutschen Offiziers, ist immer und auf jeden Fall eine Dame.«

Nun wußte Traude vor Verlegenheit nicht mehr, was sie sagen sollte. Fred Stemberg konnte seine Augen nicht von ihr lassen und sagte sehr herzlich:

»Für mich sind Sie ganz zweifellos eine Lady, und deshalb bestehe ich darauf, daß Sie mir sagen, ob es Ihnen angenehm ist, wenn ich mit Ihnen reise.«

Hilflos sah sie ihn an. »Aber gewiß, Mister Stemberg.«

»Das ist doch ein Wort. Ich danke Ihnen.«

»Und mich haben Sie nicht gefragt, Fred, ob es auch mir angenehm ist«, sagte die Señora.

Er sah sie lachend an.

»Von Ihnen setze ich das als selbstverständlich voraus, Tante Elisa. Ich weiß doch, daß Sie mich gern haben.«

»So? Sind Sie davon überzeugt?«

»Felsenfest! Bin ich nun arrogant?«

»Ich verweigere die Aussage.«

Sie lachten beide, und Fred freute sich.

Traude aber ging neben den beiden her und hätte am liebsten geweint. Wenn ihr Mister Stemberg und die Señora auch taktvoll über die peinliche Situation weggeholfen hatten, so fühlte sie sich doch beklommen, daß sie außerhalb der Sphäre stand, zu der Mister Stemberg gehörte.

»Deklassiert.« So hatte sich ihr Bruder genannt, als er die Stellung als Testfahrer angenommen hatte. Und deklassiert erschien sie sich selbst, gleichviel, ob es diese beiden großmütigen Menschen zugaben oder nicht.

Bis vor kurzem war ihr das gleichgültig gewesen; da hatte sie keinen anderen Wunsch, als nur auf festen Füßen stehen zu können. Warum bedrückte es sie nun mit einemmal, daß sie sich in dienender Stellung befand? Sie gab sich keine Antwort darauf. Aber es hing mit Mister Stemberg zusammen.

IX

Heinz Rutland war nach Philadelphia übergesiedelt. Stemberg hatte ihn selbst in diesen Zweigbetrieb seiner Firma eingeführt. Heinz merkte sehr wohl, daß ihm der alte Herr nur scheinbar ein strenges Gesicht zeigte. Aus der Art, wie er ihn mit dem Betrieb bekannt machte, sah er, daß er hier eine führende Stellung einnehmen sollte. Alle Angestellten der Karosserieabteilung kamen Heinz mit Respekt entgegen. So wurde es ihm nicht schwer, seinem Willen Geltung zu verschaffen.

Stemberg hatte ein Donnerwetter losgelassen über

den eingerissenen Schlendrian und es Heinz zur Pflicht gemacht, Ordnung zu schaffen.

Dieser sah, wo die Mängel lagen, und setzte seine ganze Energie ein, den Betrieb wieder leistungsfähiger zu gestalten.

Heinz hatte jede Woche einen ausführlichen Bericht über den Stand der Dinge an Ernest Stemberg einzusenden. Um nichts zu versäumen, faßte er diese Berichte an den Sonntagen ab.

Stemberg schien zufrieden zu sein, seine Wünsche und Anordnungen gingen nur noch über Heinz Rutland.

»Ein Teufelskerl!« knurrte Stemberg vor sich hin, als er wieder einen Bericht von Heinz in den Händen hielt.

Dieser hatte in dem Schreiben Vorschläge gemacht, wie der Betrieb bedeutend lukrativer und einfacher zu gestalten sei. Stemberg las den Bericht immer wieder durch und betrachtete schmunzelnd die entschieden originellen und geschickten Entwürfe.

»Ein Teufelskerl!« sagte er erneut vor sich hin. Als sich in diesem Augenblick Maud melden ließ, legte er den Brief und die Zeichnungen zusammen. Sie begrüßte ihren Vater und fragte:

»Störe ich?«

»Momentan nicht. Was willst du?«

»Ich habe von Fred einen Brief erhalten. Den wollte ich dir bringen.«

Der alte Herr zog die Stirn kraus.

»Deshalb kommst du extra nach Brooklyn herüber? Das hätte doch Zeit gehabt, bis ich nach Hause komme.«

»Vielleicht hatte ich auch Sehnsucht nach dir?«

»Du flunkerst, Maud.«

»Montags erhältst du immer Bericht, weil ein gewisser

Jemand auch seine freien Sonntage benützt, um dir zu dienen.«

»Woher weißt du das? Maud – ich hoffe, daß du nicht mit einem gewissen Jemand hinter meinem Rücken korrespondierst?«

Sie setzte sich auf die Lehne seines Sessels. Das war ihr Lieblingsplatz.

»Du solltest doch wissen, daß Maud dich nie hintergeht. Mag ich auch sonst eine Menge Untugenden haben – ehrlich bin ich immer.«

»Also, du korrespondierst nicht mit dem gewissen Jemand, weißt aber anscheinend ganz genau, daß er seine Sonntage benutzt, um mir ausführliche Berichte zu senden. Woher hast du dieses Wissen?«

»Ich kenne ihn eben wie mich selbst, Vater. Er würde Himmel und Hölle in Bewegung setzen, um dir zu gefallen – weil du mein Vater bist. Nun sage mir aber auch – hat er dir geschrieben?«

»Hm!«

»Auch von mir etwas?«

»No – kein Wort!«

»Aber vielleicht zwischen den Zeilen?«

»Lies und überzeuge dich selbst, daß auch nichts zwischen den Zeilen steht.«

Maud las Heinz' Brief durch und legte ihn dann wieder fein säuberlich zusammen.

»Glaubst du nun, daß nichts zwischen den Zeilen steht? Er hat dich längst vergessen.«

»Oh no – das hat er nicht. Dieser ganze Brief ist nichts als eine einzige Liebeserklärung an mich. Das merkst du nur nicht.«

»Habt ihr etwa eine Chiffreschrift vereinbart, in der

ihr euch zwischen geschäftlichen Worten allerlei Geheimnisse anvertraut?«

»Das haben wir nicht!«

»Dann verstehe ich nicht, wie du eine Liebeserklärung herauslesen willst.«

»Soll ich dir sagen, was ich zwischen den Zeilen lese? Also höre: Ich denke Tag und Nacht an dich und schaffe von früh bis spät ohne Unterlaß, um dich mir zu verdienen. Alles, was in meiner Macht steht, werde ich tun, um deinen Vater versöhnlicher zu stimmen, ihm zu beweisen, wie sehr ich dich liebe. Ich will nicht müde werden, in Treue um dich zu dienen, und wenn es sieben Jahre sein sollten, wie Jakob um Rahel diente. Und dein Bild umschwebt mich ohne Unterlaß. – Siehst du – so steht es deutlich in dem Brief zu lesen.«

Gerührt sah er in ihr glühendes Gesicht. Aber dann zwang er sich wieder zur Strenge.

»Du hast eine blühende Phantasie, Maud. Das liegt im deutschen Blut. – Aber nun laß mich zufrieden. Ich will dir ganz offen sagen, daß er in Philadelphia sehr gut am Platz ist. Du kannst dich also mit einem anderen beschäftigen und endlich anfangen, Rutland zu vergessen.«

»Ebensogut könntest du verlangen, daß ich aufhören sollte, zu leben.«

»So sehr liebst du ihn?«

»Ja, Vater.«

Eine Weile sah er stumm vor sich hin. Dann hob er den Kopf.

»Also, sprechen wir von etwas anderem. Du sagtest, daß du einen Brief von Fred hast. Kann ich ihn lesen?«

Sie zog den Brief aus ihrer Tasche. Er entfaltete ihn

und las. Interessant fand er erst die Worte, die sich auf Heinz bezogen, Traude Karsten war ihm ja noch kein Begriff.

»... Du schreibst mir, der neue Einfahrer der Stemberg-Kompanie sei der vornehmste Gentleman, den Du kennst – und ich sage, die junge Traude Karsten ist die vornehmste Lady außer Dir, die ich kenne. Und wenn Dein Vater sagt, er sei ein Prachtkerl, so sagt Tante Elisa von ihr, sie wünsche sich eine Tochter, die ihr gleich wäre. Glaube mir, Darling, nie ist mir das Herz beim Anblick einer Lady so warm geworden wie bei dem ihren. Wie gut, Maud, daß wir uns nicht heiraten wollen, denn was sollte dann werden? Dir scheint der ›Einfahrergentleman‹ auch besser zu gefallen als ich. Aber – was wird Onkel Ernest dazu sagen? Weiß er es schon? Sonst bringe es ihm bald recht schonungsvoll bei. Grüße ihn herzlich von mir. Sag ihm, daß ich seine Anordnungen in Montevideo erwarte. Tante Elisa läßt Euch herzlich grüßen. Bis wir uns wiedersehen, bleibe mir gut wie bisher.

Dein treuer Vetter Fred.«

Der alte Herr ließ den Brief sinken und schüttelte den Kopf. »Das fehlt mir gerade noch, daß sich Fred in diese Miß Karsten verliebt. Du vernarrst dich in einen Testfahrer und er in die Gesellschafterin Tante Elisas.«

Maud umfaßte ihn liebevoll.

»Wäre es denn so schlimm?«

»Sie ist natürlich auch arm wie eine Kirchenmaus.«

»Dafür sind wir um so reicher.«

»Ach, das verstehst du nicht. Gleich und gleich gehört zusammen.«

»Das darf sich aber nicht auf den Geldbeutel beziehen,

sondern auf das Alter, auf körperliche Eigenschaften, auf geistige Qualitäten und die Bildungsstufe.«

»Also, du wärst einverstanden, wenn Fred diese Miß Habenichts als seine Frau anbringen würde?«

»Er soll sie hier heiraten. Bei Freds Hochzeit muß ich dabeisein, wie er bei der meinen. Wenn sie Fred und Tante Elisa gefällt, muß sie liebenswert sein. Und dir wird sie vielleicht auch besser gefallen als irgendeine langweilige Amerikanerin. Sollst sehen, wie behaglich du dich dann fühlst.«

Stemberg konnte nur mit Mühe seine strenge Miene beibehalten. Und so rettete er sich in einen poltrigen Ton.

»Fred kann tun und lassen, was er will, er ist schließlich alt genug, um zu wissen, was er tut. Aber du schlag dir die Flausen aus dem Kopf. Ich bin doch kein Lustspielonkel, der dafür zu sorgen hat, daß es am Schluß ein Happy-End gibt.«

»Du bist der beste aller Väter und sagst nicht ja und amen, bis du nicht genau geprüft hast, ob der Mann auch meiner Liebe wert ist. Darüber bin ich ganz zuversichtlich.«

»Du willst mich wohl um den Finger wickeln?« suchte er noch aufzutrumpfen.

»Ich weiß, daß mir das nicht gelingen würde, wenn du nicht selbst fühltest, wo mein Glück liegt. Ich gebe dir mein Wort, daß ich mein Schicksal aus deiner Hand nehmen werde.«

Daß sie sich ihm so bedingungslos ergab, besänftigte ihn, weil es ihm das Steuer wieder in die Hand gab. Um ihr nicht zu zeigen, wie weich er schon geworden war, sagte er hastig:

»Nun ist aber genug Zeit vertrödelt worden. Meine Geschäfte warten.«

»Ich gehe ja schon. Auf Wiedersehen heute mittag!«

Er sah ihr schmunzelnd nach.

»Um den Finger wickeln lasse ich mich nicht. Aber wenn sie so voll Vertrauen ist ... na, wir wollen mal sehen, ob der Teufelskerl die Probe besteht.«

Heinz hatte von seiner Schwester auch einen Brief bekommen, den sie vor der Abreise von Hamburg aus geschrieben hatte. Er lautete:

»Mein lieber Heinz! Wenn ich morgens erwache, muß ich mich an den Ohren ziehen, um festzustellen, ob ich nicht träume und mich wirklich in einem hübschen Hotelzimmer befinde. Täglich kann ich mich an köstlichen Dingen satt essen, muß nicht hören, wie teuer jeder Bissen ist, trage schöne Kleider, wozu auch dein Geburtstagsgeschenk, mein neuer Wintermantel, gehört. Morgen früh geht es an Bord der Cap Polonio; Señora Guarda findet es selbstverständlich, daß ich erster Klasse mit ihr reise. Sie ist vornehm und gütig, und ich wünsche mir nichts Besseres, als meine Stellung recht lange zu behalten.

Daß die Señora so traurig ist, weil sie ihren Sohn nicht wiedergefunden hat, tut mir sehr leid.«

Hier erzählte Traude erst einmal die Lebensgeschichte der Señora, und dann fuhr sie fort:

»Ich gäbe sonst etwas darum, könnte ich sie glücklich machen. Mister Stemberg wünscht es auch sehr. Ach so – jetzt muß ich dir ja erst mitteilen, daß Señora Guarda mit den Inhabern der Stemberg-Kompanie verwandt ist und

Fred Stemberg hier ist, um mit uns nach Montevideo zu reisen. Er spricht sehr lieb von seiner Kusine Maud, und ich bin begierig, sie kennenzulernen, falls ich einmal nach New York komme. Fred Stemberg soll in Montevideo eine Filiale der Stemberg-Kompanie errichten. Er weiß noch nicht, daß mein Bruder auch bei ihr angestellt ist, aber Señora weiß es und findet es bewundernswert von Dir, daß Du so tapfer bist. Nun will ich schließen mit vielen herzlichen Grüßen und allen guten Wünschen für Dich,

Deine Traude

Nachdenklich hatte Heinz vor sich hingesehen, als er den Brief zu Ende gelesen hatte. Die Lebensgeschichte der Señora interessierte ihn sehr – er wußte nicht recht, warum. Aber er konnte sehr wohl verstehen, daß eine Künstlernatur wie die ihre sich in den engen Kreisen des alten preußischen Beamtentums nicht wohl gefühlt hatte. Auch sein Vater war besonders streng in seinen Ansichten gewesen und hatte ihm und Traude nur selten einmal einen Theaterabend gestattet. Als er eines Tages mit seiner Schwester in einer illustrierten Zeitung das Bild einer berühmten deutschen Sängerin bewunderte, die in New York fabelhafte Erfolge hatte, war der Vater dazugekommen, hatte ihm die Zeitung aus der Hand gerissen und sie in den Ofen gesteckt. Ganz fahl und bleich war er dabei geworden und hatte ihn mit harten Worten an seine Schulaufgaben geschickt. Er und Traude hatten am Abend noch darüber gesprochen und das engstirnige Verhalten des Vaters nicht begriffen. Heinz hatte sich am nächsten Tag heimlich die bewußte Illustrierte noch einmal gekauft und das Bild der schönen Sängerin herausgeschnitten und lange Zeit in jugendlicher Schwärmerei in seiner Brieftasche herumgetragen. Vielleicht war es ein Bild der Señora Guarda gewesen. Er mußte doch Traude einmal daran erinnern und sie bitten, die Señora nach ihrem ehemaligen Künstlernamen zu fragen. Jene Sängerin hatte Elisa Gartner geheißen.

Und er mußte wieder den Kopf schütteln über diese Engstirnigkeit. Schon als Knabe hatte er sich dagegen aufgelehnt, und das hatte der Vater ihm austreiben wollen. Bei einer solchen Gelegenheit waren dann auch die Worte gefallen, dieses impulsive Aufbäumen sei ein Erbstück von seiner Mutter.

Wie das alles wieder lebendig geworden war, seit er Traudes Brief gelesen hatte – und wie der Zufall oft spielte! Da war seine Schwester von einer Dame engagiert worden, die mit den Sternbergs verwandt war, und reiste nun mit der Señora in Gesellschaft Fred Sternbergs nach Montevideo – erster Klasse.

Er lachte vor sich hin. Seine Überfahrt über den Ozean war durchaus nicht erstklassig gewesen. Gottlob, daß Traude es besser getroffen hatte als er. Hoffentlich ließ sich die Stellung der Schwester weiter so gut an. Es beruhigte ihn, daß die Señora eine Verwandte der Sternbergs war, das gab ihm doch einige Garantien über die Solidität des Engagements seiner Schwester.

Mit frohem Mut ging er nun wieder an seine Arbeit. Er hatte von früh bis spät alle Hände voll zu tun und wollte es auch nicht anders haben. Sternberg sollte merken, daß er all seine Kräfte einsetzte, um sich seine Zufriedenheit zu verdienen.

Es war wirklich eine Prüfungszeit, die er jetzt bestand.

Die Trennung von Maud war ihm sehr schwergefallen. Und er fühlte sich hier in Philadelphia viel einsamer als in New York. Dort war alles von ihrer Nähe erfüllt gewesen, dort konnte er jede Stunde hoffen, sie zu sehen. Hier war sie ihm fern und alles um ihn her fremd.

Naturgemäß sah man ihm in der Karosserieabteilung anfangs nicht sehr freudig entgegen. Man hatte sich in dem Schlendrian behaglicher gefühlt als unter seiner straffen Ordnung. Aber niemand wagte, gegen ihn zu revoltieren. Erstens hatte ihm der Chef eine sehr dominierende Stellung eingeräumt, und zweitens merkte man bald, daß mit ihm nicht zu spaßen war. Man hatte erst geglaubt, mit dem »Greenhorn« leicht fertig zu werden. Aber das Greenhorn entpuppte sich als eine sehr selbstbewußte, kraftvolle Persönlichkeit. Schneller als er selbst gehofft hatte, bekam Heinz die Zügel in die Hand und verschaffte sich die nötige Geltung. Und mit seinen Erfolgen wuchs seine Kraft. Er fühlte, daß er Oberwasser im Betrieb bekam und alles sich seinem Willen fügte.

X

Die Cap Polonio näherte sich der Mündung des La Plata. Etwa hundert Kilometer vor der Einfahrt in den Riesenstrom wurde das klare Meerwasser durch gelbe Schlammassen, die der La Plata mit sich führte, getrübt.

Traude stand mit der Señora und Mister Stemberg an der Reeling und schaute nach dem Land, das ihr eine neue Heimat werden sollte.

In Buenos Aires nahmen sie in einem der großen eleganten Hotels Wohnung.

Während am anderen Tage Señora Guarda einige geschäftliche Konferenzen hatte, fuhr Stemberg mit Traude durch die Stadt. Der Chauffeur hatte die Weisung erhalten, sie zu allen Sehenswürdigkeiten zu fahren, selbst nach dem Recolata-Friedhof. Dieser war allerdings eine der größten Besonderheiten von Buenos Aires. Auch hier zeugte alles von dem großen Reichtum dieser Stadt, hier reihten sich Mausoleen in mehr oder minder kostbarer Ausführung aneinander zu einer wahrhaft imposanten Todesstadt.

Fred Stemberg zeigte sich während der ganzen Rundfahrt sehr ritterlich und ließ seine Augen ab und zu weltvergessen auf Traudes reizender Erscheinung ruhen. Sie war in der kurzen Zeit, seit sie bei der Señora engagiert war, überraschend aufgeblüht und noch schöner geworden als vorher. Es war also kein Wunder, daß Stembergs Herz in Flammen stand. Aber er ließ sich, eingedenk des Versprechens, das er Tante Elisa gegeben hatte, nichts davon anmerken.

Befriedigt von ihrer Ausfahrt kehrten sie gegen Mittag ins Hotel zurück. Dort wurden sie von der Señora und ihren Geschäftsfreunden erwartet, mit denen sie zusammen speisten.

Den Abend verbrachten sie im Hause eines Geschäftsfreundes und lernten dort die großzügige Gastfreundschaft der guten Gesellschaft kennen.

Am nächsten Morgen fuhren sie dann auf einem kleineren Dampfer nach Montevideo hinüber.

Schon lange vor der Einfahrt in den Hafen konnte Traude die Stadt liegen sehen. Die malerischen Ufer des

La Plata zierten viele Schönheiten, und schon vom Schiff aus zeigte die Señora Traude ihre prachtvolle weiße Villa am Ufer. Gleich dahinter befand sich die Rennbahn. Und drüben über der Bay von Montevideo stieg der El Cerro empor, dort lagen die Fabriken der Señora.

Am Hafen wartete bereits das Auto, und Diener wurden beauftragt, das Gepäck zu besorgen. Als alle im Auto Platz genommen hatten, wollte Fred zu einem Hotel fahren, aber die Señora sagte ruhig und bestimmt:

»Fred, es ist selbstverständlich, daß Sie für die Dauer Ihrer Anwesenheit in Montevideo mein Gast sind.«

»Werde ich Sie nicht stören, Tante Elisa?«

»Sie wissen doch, daß mein Haus groß und geräumig ist. Wir können einander gut aus dem Weg gehen, wenn wir nicht aufgelegt sind, uns zu ertragen. Sie können die Zimmer meines Sohnes bewohnen. Dort stören Sie mich nicht, und ich störe Sie nicht.«

Ehe das Auto abfuhr, ging ein sehr elegant gekleideter, etwas stutzerhaft wirkender Herr in einem leichten Sommeranzug vorüber. Er stutzte, als er die Señora erblickte, blieb stehen und sah dann auf Traude, deren schöne blonde Erscheinung Eindruck auf ihn zu machen schien. Seinen Strohhut ziehend und dadurch sein blauschwarzes, sorgfältig frisiertes Haar entblößend, trat er schnell an das Auto heran.

»Meine hochverehrte teure Señora – also endlich wieder daheim?« sagte er schmeichlerisch, ohne Traude aus den Augen zu lassen.

Señora Guarda wandte sich nach ihm um.

»Oh – Señor Druzzia!« sagte sie, scheinbar nicht sehr entzückt von dieser Begegnung, aber doch höflich seinen Gruß erwidernd.

»Señora, hatten Sie eine gute Reise?«

»Ich danke – ja.«

Señor Druzzias glühende Augen wichen noch immer nicht von Traudes Gesicht.

»Bitte, Señora, wollen Sie mich Ihrer Begleitung vorstellen?« bat er sehr artig, sehr devot, und dabei versengte er Traude fast mit seinen Blicken.

Die Señora stellte Traude als ihre Gesellschafterin vor und fragte höflich:

»Sind Sie für länger in der Stadt, Señor Druzzia?«

»Für einige Wochen bestimmt. Ich darf morgen meine Aufwartung machen?«

»Es wird mich freuen«, erwiderte die Señora förmlich.

»Dann will ich jetzt nicht länger stören, Sie werden müde sein von der Reise.«

»Allerdings, ein wenig.«

Sie gab dem Chauffeur Befehl zu fahren. Señor Druzzia trat mit einer Verbeugung zurück, aber seine Augen wichen auch jetzt nicht von Traudes Gesicht.

Diese hatte unter den aufdringlichen Blicken, in denen Begehren stand, die Farbe gewechselt. Ihr war zumute, so, als sei ihr eine giftige Schlange begegnet.

»Was war denn das für ein unangenehmer Zeitgenosse, Tante Elisa?« fragte Fred.

»Leider ein Gutsnachbar. Deshalb bin ich gezwungen, gewisse Beziehungen aufrechtzuerhalten. Auch hier in der Stadt verkehrt er in den besten Kreisen, obwohl niemand gern mit ihm umgeht. Man sagt ihm nach, daß er unsaubere Geschäfte macht und ein übler Don Juan ist, der in die abenteuerlichsten Liebesgeschichten verwickelt ist. Trotzdem kann man ihm nichts nachweisen, und niemand wagt, gegen ihn energisch Front zu machen. Mein Mann sagte, er sei ein gefährlicher und zu allem Schlimmen fähiger Mensch, man müsse sich hüten, ihn sich zum Feind zu machen. Und deshalb ertrage ich zuweilen seine Gesellschaft. Es ist mir nicht lieb, daß er der erste von meinen Bekannten war, der mir über den Weg lief.«

»Hoffen wir, daß er sich möglichst rar macht. Mir hat nicht oft ein Mensch beim ersten Sehen einen so unangenehmen Eindruck gemacht. Wie gefiel er Ihnen, Miß Karsten?«

»Er hat schreckliche Augen.«

Ihr war zumute, als sei sie von diesen schwarzen glühenden Augen hypnotisiert worden und könne sich von dem Bann noch nicht freimachen. Sie schauerte leicht zusammen in der warmen Sommerluft.

Bald tauchte, weißschimmernd, die Villa Guarda auf, und der Wagen fuhr in den herrlich angelegten Garten, der sie von allen Seiten umgab.

Das Gebäude bestand aus einem schönen zweistöckigen Mittelbau mit zehn Fenstern Front und zwei sich anschließenden Seitengebäuden. Jedes dieser Seitengebäude war durch eine Art Hängebrücke mit dem Mittelbau verbunden. Diese beiden Hängebrücken hatten an beiden Seiten Glaswände und waren als Wintergärten eingerichtet. In diesen Wintergärten zog der Gärtner die seltensten und kostbarsten Pflanzen.

Den Portikus trugen zwei mächtige Sandsteinsäulen, zwischen denen eine breite Treppe zum Portal emporführte. Auf dieser Treppe standen Diener in vornehmer, sommerlicher Livree und mitten unter ihnen die alte Kammerfrau Rosita. Die fast siebzigjährige Portugiesin wirkte fast wie eine Mumie mit ihrem faltigen lederfarbenen Gesicht. Sie trug ein lichtgraues leichtes Kleid, darüber eine große weiße Schürze, und auf dem spärlichen grauen Haar ein weißes Mützchen. Ihre kleinen schwarzen Augen blickten lebhaft aus dem vogelartig geformten Gesicht. Sie eilte noch sehr flink und behende die Treppe herab.

Mit unbeschreiblicher Lebhaftigkeit und großen Freudenbezeigungen begrüßte sie die aussteigende Señora. Sie küßte ihr die Hände, das Kleid und strich sanft an ihrem Arm herab, als müsse sie sich überzeugen, daß die abgöttisch geliebte Herrin heil und unversehrt zurückgekehrt sei. Dabei sprach sie aufgeregt in portugiesischer Sprache auf sie ein.

Weder Traude noch Fred Stemberg verstanden ein Wort dieser Begrüßung, aber sie begriffen doch, daß die Alte vor Freude über die Rückkehr ihrer Herrin ganz außer sich war.

»Nun beruhige dich nur, Rosita, ich bin ja wieder da.«

»Du darfst nie wieder fort, mein Seelchen, mein Augentrost, wie hast du mir gefehlt«, stieß Rosita hervor.

»Geh ins Haus, Rosita. Wir sprechen nachher noch.«

Rosita warf nun einen spähenden Blick auf Stemberg und Traude. Auf der letzteren Gesicht blieben ihre schwarzen Vogelaugen wie gebannt ruhen, als sie ihre Herrin hastig fragte:

»Wer ist das, Herrin? Ist das ein neues Fräulein Schwind? Hast du dir doch wieder eine Deutsche mitgebracht, mit der du in anderer Sprache redest als mit mir?«

Sie redete ihre Herrin mit »du« an und titulierte sie

abwechselnd: »Kind«, »Herrin«, »mein Seelchen« oder »Augentrost«, wie es ihr gerade in den Mund kam. Diese alte Dienerin tyrannisierte ihre Herrin mit ihrer Liebe und Treue und war anmaßend, ohne daß sie sich dessen bewußt war.

»Ja, Rosita, diese junge Dame habe ich an Fräulein Schwinds Stelle mitgebracht. Aber sie ist keine Dienerin. Sie wird an meinem Tisch essen, und du darfst sie nicht falsch betrachten. Selbstverständlich ist sie eine Deutsche wie ich selbst«, erwiderte die Señora in portugiesischer Sprache.

Rosita warf einen feindseligen Blick auf Traude.

»Du bist keine Deutsche, Herrin – du bist Señora Guarda, eines Portugiesen Frau. Und du sollst nicht in deutscher Sprache mit ihr reden. Du darfst sie nicht mehr lieben als mich, mein Seelchen. Niemand meint es so gut mit dir wie ich.«

»Ich weiß, Rosita. Aber sei nicht dumm und bestimme nicht immer, was ich tun darf oder nicht. Fräulein Karsten ist lieb und gut, du mußt vernünftig sein.«

»Wird sie dir auch treu sein, wie ich es bin?« fragte Rosita mißtrauisch, voll Eifersucht.

»Ganz gewiß. Aber nun halte uns nicht länger auf, du Tyrannin«, schalt die Señora und wandte sich an Fred und Traude.

»Entschuldigen Sie, aber Rosita ist wirklich eine Tyrannin. Übrigens versteht sie gut, wenn man sich in deutscher Sprache unterhält, und kann sich leidlich darin verständlich machen. Aber sie gibt sich den Anschein, als verstünde sie diese Sprache nicht, weil sie die Deutschen nicht leiden mag und weil sie mich belauschen will, wenn ich mit jemand deutsch spreche. Sie ist schon ein wenig kindisch, man darf sie nicht so ernst nehmen.«

Das sagte die Señora englisch, damit Rosita sie nicht verstehen konnte. Dann fuhr sie deutsch fort:

»Nun treten Sie ein, und seien Sie herzlich willkommen, lieber Fred. Und auch Sie, liebes Kind. Möge Ihnen dieses Haus eine Heimat werden.«

»Ist alles bereit, wie ich es brieflich angeordnet habe, Ranzio?« fragte sie den Hausmeister.

»Es ist alles in Ordnung, Señora.«

»Lassen Sie Mister Stemberg und Fräulein Karsten ihre Zimmer anweisen.«

Ranzio winkte nun mit den Augen zwei Diener herbei, die Mister Stemberg und Traude führen sollten.

Von dem Vestibül zweigten nach rechts und links breite Gänge ab. Das sah sehr imposant aus, und Traude blickte staunend nach beiden Seiten.

»Wenn Sie sich umgekleidet haben, Fräulein Karsten, klingeln Sie. Ein Diener wird Sie zu mir führen.«

Traude war in dieser vornehmen Umgebung ein wenig beklommen zumute. Jetzt erst begriff sie voll und ganz, was für eine hervorragende gesellschaftliche Stellung die Señora einnahm.

XI

Über eine Woche war Traude nun schon im Hause der Señora. Mit ihrem Anpassungsvermögen hatte sie sich schnell in die neuen Verhältnisse eingewöhnt.

In den ersten Tagen war die Señora mit geschäftlichen

Arbeiten überhäuft. So hatte Traude fast nichts zu tun, und das machte sie unruhig und verzagt. Dazu kam noch, daß Señor Druzzia unter irgendeinem Vorwand fast jeden Tag erschien und Traude mit seinen Blicken verfolgte. Sie fühlte, daß dieser Mann sich absichtlich in ihre Nähe drängte, und das war ihr unheimlich.

Mister Stemberg wurde ebenfalls sofort von seinen Geschäften stark in Anspruch genommen; sie sah ihn fast den ganzen Tag nicht. Frühmorgens, wenn noch alles im Hause schlief, sah sie ihm nach, wenn er ausritt und wiederkam. Dann war er meist bis zum Abend fort. So war sie fast nur bei den Abendmahlzeiten und danach noch im Salon der Señora mit ihm zusammen. Das alles bedrückte Traude. Es war ihr unangenehm, daß sie für das hohe Gehalt so wenig zu tun hatte. Und noch etwas beunruhigte sie: Stemberg blieb bei seiner korrekten Zurückhaltung ihr gegenüber, aber zuweilen, wenn er sie ansah, lag sein ganzes Herz in seinen Augen. Er liebte sie also – wie sie ihn. Doch was sollte daraus werden? Sicher sehnte er den Tag herbei, da er Montevideo verlassen konnte.

Sie aber fürchtete sich vor der Zeit, da er aus ihrem Leben verschwinden würde. Er würde sie bald vergessen haben, aber sie – sie konnte ihn nie vergessen.

Tapfer sagte sie sich, daß alles besser werden würde, wenn sie nur wieder eine geregelte Tätigkeit hatte und sich nicht so überflüssig vorkam. Sie versuchte, sich im Haushalt nützlich zu machen, und bat Ranzio, ihr Arbeit zu geben. Der aber sagte ihr, in seinem Ressort sei alle Arbeit in bestimmten Händen, und es werde nur Unordnung machen, wenn er daran etwas änderte. Außerdem wäre es der Señora nicht lieb, denn sie habe die Weisung gegeben, daß Fräulein Karsten als Dame zu behandeln sei.

Ranzio sagte das ehrerbietig. Er stand Traude nicht feindlich gegenüber wie Rosita, sondern bewunderte ihre blonde Schönheit. Sie hätte alles von ihm verlangen können, nur keine Arbeit.

Eines Tages ging Traude in den wunderschönen Garten, der sich bis an das Ufer des La Plata erstreckte. Sie war in Gedanken versunken und schrak heftig zusammen, als plötzlich Señor Druzzia ihr in den Weg trat. Er begrüßte sie in seiner schmeichlerischen Art und sagte dann hastig:

»Schönste Señorita, ich sein voll Entzücken vor so viel Schönheit. Ihre goldene Haar haben mir gleich ganz bezaubert. Ich sein Ihr Sklave, blonde Señorita, Sie müssen mich lieben, sonst ich gehen zugrunde. Ich legen Ihnen alles zu Ihren kleine Füße, was mir gehört – ich will sein Ihre Diener. Bitte – sagen Sie mich, daß ich haben Hoffnung.«

Traude hatte erschrocken in seine leidenschaftlich begehrenden Augen geblickt. Und hatte sich, alle Kraft zusammennehmend, von dem Bann freigemacht, der sie befallen; sie war ohne ein Wort der Erwiderung davongelaufen, dem Hause zu. Sie sah nicht, daß Rosita, aus der Hinterpforte kommend, ihr verwundert nachblickte und dann auf Señor Druzzia zuging.

Er lächelte und berichtete ihr, daß er mit seinem Ruderboot am Bootssteg der Villa angelegt habe, weil er gesehen habe, daß die blonde deutsche Señorita im Garten promenierte. Er habe einige Worte mit der Señorita gesprochen, aber sie sei davongelaufen.

Rosita hatte mißtrauisch hinter Traude hergesehen

und dann forschend in seine Augen geblickt. Da hatte er ihr ein Geldstück in die Hand gedrückt und ihr einige Worte zugeflüstert. Darauf gab es ein hastiges, leises Hin und Her, und schließlich war Señor Druzzia schnell davongerudert.

Rosita aber ging mit funkelnden Augen ins Haus zurück.

Traude hatte der Señora nichts zu sagen gewagt von dieser Begegnung mit Señor Druzzia. Mußte sie nicht glauben, daß ihr Benehmen fremden Herren gegenüber solche Ungezogenheiten herausforderte, daß sie mit ihnen kokettierte?

Am nächsten Tag ließ sich Druzzia wieder bei der Señora melden. Traude sah ihn zum Glück durch den Garten kommen und floh auf ihr Zimmer. Señora Guarda hatte ihre Gesellschafterin nicht rufen lassen, sie wußte nicht, daß seine häufigen Besuche ihr galten.

Am Nachmittag hatte Traude zufällig hinausgeblickt in den Garten. Da sah sie Señor Druzzia drüben am Gartenzaun stehen und mit seinen begehrlichen Augen zu ihr herüberblicken.

Verärgert wandte sich Traude ab und fragte sich, ob es nicht besser sei, der Señora Mitteilung zu machen von diesen Belästigungen.

Aber sie unterließ es dann doch.

Am Abend dieses Tages ließ Señora Elisa Traude zu sich rufen.

»Kommen Sie, liebes Kind, setzen Sie sich zu mir. Ich habe endlich meine Geschäfte wieder in Ordnung und habe etwas Zeit, ehe wir zu Tisch gehen.«

»Darf ich eine Bitte aussprechen, Señora?« fragte Traude, sich ein Herz fassend.

»Aber gewiß, liebes Kind – was haben Sie auf dem Herzen?«

»Ich möchte Sie herzlich bitten, mir mehr Arbeit zu geben. Mir ist beklommen zumute, weil ich hier so wenig zu tun habe. Ich habe Ranzio schon um Beschäftigung gebeten – er behauptet, keine Arbeit für mich zu haben. Ich komme mir so überflüssig vor.«

»Lieber Himmel – ganz blaß sind Sie vor Aufregung geworden! Aber glauben Sie doch nicht, daß Sie überflüssig sind. Mister Stemberg und ich freuen uns, daß Sie uns am Abend aufmuntern und von unseren trockenen Geschäften ablenken. Jetzt sollen Sie wieder mehr zu tun bekommen. War es denn so schlimm ohne ein gerütteltes Maß an Arbeit?«

»Ich bin gewöhnt gewesen, den ganzen Tag nicht zu Atem zu kommen. Und nun so viel freie Zeit – damit weiß ich nichts anzufangen.«

»Also erstens: Ich mag Rositas alte, zittrige Hände nicht mehr an mir leiden. Sie macht mich jetzt oft ungeduldig. Sehen Sie meine Frisur an. Ich bin ja gottlob nicht mehr eitel, aber Rosita macht eine Vogelscheuche aus mir. Sie ist zu alt, aber ich bringe es nicht übers Herz, ihr das zu sagen. Sie würde unglücklich sein. Man muß bei einer alten treuen Dienerin Rücksicht nehmen, nicht wahr? Aber unter uns – ich möchte mich gern wieder Ihren geschickten Händen anvertrauen. Sie haben mich verwöhnt, liebes Kind. Ich fühle, Sie haben mich ein wenig lieb.«

»Es macht mich glücklich, Señora, daß Sie das fühlen.«

»Zum anderen möchte ich Sie bitten, mir wieder vorzulesen. Darauf freue ich mich schon sehr. Alles um mich herum spricht wieder in einer fremden Sprache.

Das fällt mir jetzt doppelt auf die Seele, da ich wieder einmal in Deutschland weilte. Ich brauche Sie viel nötiger als Sie mich, und wenn ich denke, daß Sie mich eines Tages verlassen – dann werde ich sehr traurig.«

»Ich werde nie von Ihnen fortgehen, wenn Sie mich nicht fortschicken.«

»Vielleicht verlassen Sie mich viel früher, als Sie denken, vielleicht halten Sie nicht einmal die zwei Jahre bei mir aus. Ein so schönes, liebenswertes Mädchen wie Sie hat schließlich noch eine andere Bestimmung im Leben zu erfüllen, als einer einsamen alten Frau die Grillen zu vertreiben. Glauben Sie denn, die Männer haben keine Augen im Kopf? Doch vorläufig habe ich Sie und halte Sie fest. So schnell möchte ich Sie nicht verlieren.«

Eine Stunde später saßen die beiden Damen mit Fred Stemberg bei Tisch. Dieser hatte von geschäftlichem Ärger gesprochen.

»Es geht nicht alles so glatt, wie man möchte. Die Arbeiter sind hier viel träger und unzuverlässiger als in New York. Sie können nur eins mit Vehemenz und Ausdauer – Löcher in die Luft gucken und sich in malerischer Pose irgendwo anlehnen. Aber Ärger gehört zum Geschäft. Man kann nicht Busineß machen, wenn man behaglich hinter dem Ofen hockt und die Zeitung liest. Und Ärger macht schlank und geschmeidig.«

»Ja, ja, lieber Fred, eine Seereise macht eher rundlich. Ich habe auch zugenommen, und Traude ist aufgeblüht wie eine Rose während der Überfahrt.«

»Sie wird mit jedem Tag schöner«, sagte Fred mit einem tiefen Seufzer.

»Aber, Mister Stemberg!« mahnte Traude.

»Oh – was ist? Darf ich wieder einmal etwas nicht sagen? Tante Elisa, ist es unzulässig in Deutschland, wenn man einer Lady sagt, daß sie mit jedem Tag schöner wird?«

»Ganz gewiß nicht, Fred, Traude ist Ihnen gegenüber entschieden zu streng«, sagte die Tante mit feinem Lächeln.

»Well, das ist auch meine Meinung. Ich werde mich nicht abhalten lassen, zu sagen, daß ich mich auf den Abend freue, weil ich dann in Miß Karstens schönes Gesicht blicken und darüber allen geschäftlichen Ärger vergessen kann.«

»Liebes Kind – glauben Sie noch immer, daß Sie hier überflüssig sind?«

»Oh, hat sie das geglaubt?«

»Vor einer Stunde etwa hat sie es mir gesagt und sich beklagt, daß sie hier nicht genug Arbeit hat. Morgen werden wir übrigens beide über die Bay nach dem El Cerro hinüberfahren, Traude soll die Schlachthäuser und die Fabriken besichtigen.«

»Ist das wirklich für Sie interessant? Fahren Sie mit dem Dampfer hinüber, Tante Elisa?«

»Wenn wir guten Wind haben, segeln wir mit meiner Jacht hinüber.«

Sie sprachen nun eine Weile über unwichtige Dinge. Aber dann fiel Fred plötzlich etwas ein.

»Ich will doch nicht vergessen zu erzählen, Tante Elisa, daß ich vorhin, als ich nach Hause kam, eine merkwürdige Beobachtung machte. Am Gartenzaun entlang sah ich einen Mann schleichen, der anscheinend sehr interessiert nach Ihrem Haus herüberblickte. Schnell ging ich an ihn heran, klopfte ihm hart auf die

Schulter und fragte, was er hier zu suchen habe. Was meinen Sie, wen ich vor mir sah, als der Mann sich umdrehte und mir verlegen ins Gesicht starrte?«

Traude sah Fred Stemberg fragend an, und die Señora schüttelte den Kopf.

»Ich weiß es nicht. Wer war es?«

»Ihr Gutsnachbar, Señor Druzzia.«

Betroffen richtete sich Tante Elisa auf, während Traude leise zusammenzuckte.

»Sie sagen, er schlich ums Haus, Fred?« fragte die Señora.

»Well – wenigstens um den Garten. Ich sah mir sein Manöver erst eine ganze Weile an.«

»Und was geschah dann?«

»Als ich ihn erkannte, fragte ich ihn ironisch, ob er etwas in Ihrem Garten verloren habe. Er lachte verlegen und sagte, er habe sich nur gefreut, daß Ihre Fenster des Abends wieder erleuchtet seien. Und er bestellte einen Gruß an die Damen.«

»Ich weiß nicht, weshalb Señor Druzzia Interesse an mir und meinem Hause nimmt. Wir haben nie sonderlich Sympathie füreinander gefühlt!«

»Wer weiß, Tante Elisa, vielleicht ist er doch ein heimlicher Verehrer von Ihnen«, neckte Fred.

»Gott bewahre mich davor.«

»Er nennt sich aber Ihren Freund.«

»Oh – ich möchte ihn nicht zum Feind haben –, aber noch viel weniger zum Freund.«

»Sein Herumschleichen hatte etwas von einem sehnsüchtigen Liebhaber. Vielleicht hat es ihm jemand aus der Dienerschaft angetan?«

»Immerhin wäre das eine Erklärung. Auf Liebesabenteuer ist er, wie man mir sagte, immer aus. Aber ich möchte, daß er mein Haus damit verschont.«

Traude hatte, seit von Druzzia die Rede war, mit sich gekämpft, ob sie jetzt über sein Verhalten ihr gegenüber sprechen sollte. Wie konnte sie bekennen, daß dieser Druzzia, der ihr wie eine eklige Amphibie erschien, sie mit seinen begehrlichen Wünschen verfolgte?

In ihren Augen lag Unruhe. Fred beugte sich vor und sagte:

»Was machen Sie für ängstliche Augen, Miß Karsten? Ganz blaß sind Sie geworden. Übrigens haben Sie recht, er hat schreckliche Augen.«

»Er ist ein entsetzlicher Mensch«, sagte Traude zusammenschauernd, »er hat Schlangenaugen.«

»Schlangenaugen – da haben Sie recht. Mit solchen Augen lähmt wohl eine Schlange ihr Opfer, ehe sie es verschlingt. Mein Mann neckte mich, aber er gestand mir, daß jede Frau einen Schauder vor Druzzia empfinden müsse. Er sei skrupellos und habe schon manches auf dem Kerbholz, das ihn für dieRatteninsel reif mache. Aber er habe es verstanden, der Gerechtigkeit ein Schnippchen zu schlagen. Es ist mir sehr unangenehm, daß er mir jetzt so oft über den Weg läuft.«

Traude fühlte, daß sie unglückseligerweise der Magnet war, der Señor Druzzia anzog. Sie sagte ganz verzagt:

»Es ist schlimm, daß man solche Menschen nicht verscheuchen kann.«

Fred sah sie lachend an.

»Nun, nun, nicht so verzagt sein, Miß Karsten. Ich kann ihm gelegentlich deutlich zu verstehen geben, daß er hier nichts zu suchen hat.«

»Fred«, sagte Tante Elisa, »lassen Sie das lieber sein. –

Und nun wollen wir nicht mehr von diesem Menschen sprechen, sonst träumt Traude von seinen schrecklichen Augen. Daß man doch in einem fremden Land nie ganz heimisch werden kann. Solange mein Mann und mein Sohn lebten, waren sie meine Heimat. Und obwohl es mir hier immer gutgegangen ist – viel besser als in Deutschland, kann ich doch jetzt das Gefühl nicht loswerden, daß ich hier keine Wurzeln schlagen kann. Ich bin einfach heimatlos – weil ich niemand habe, der zu mir gehört.«

»Sie sollten zu uns nach New York kommen, Tante Elisa, für immer. Maud würde Sie mit offenen Armen aufnehmen, und ihr Vater auch, von mir gar nicht zu reden. Wir fühlen alle mit Ihnen, das wissen Sie.«

»Und meine Geschäfte?«

»Die werden Ihnen ohnedies eines Tages über den Kopf wachsen. Das ist einfach zuviel für eine Frau. Da wir einmal darüber sprechen – ich habe mit Onkel Ernest darüber lange debattiert. Er ist der Ansicht, daß Sie ein Aktienunternehmen aus Ihrem gesamten Betrieb machen müßten. Ein tüchtiger Direktor, und Sie könnten sich ruhig von Ihren Geschäften zurückziehen.«

»Zuweilen ist mir selbst schon dieser Gedanke gekommen – aber da hoffte ich noch immer, daß ich meinen Sohn wiederfinden würde. Vielleicht hätte es ihm Freude gemacht. Er war doch auch Blut von meinem Blut – nicht nur der Sohn seines Vaters. Aber das ist ja nun alles unwichtig geworden. Ich werde mich mit dem Gedanken, den Ihr Onkel Ernest ausgesprochen hat, näher befassen. Was hindert mich daran, hier meine Zelte abzubrechen? Nichts – als zwei Gräber.«

»Die Ihnen aber kein Trost sein können. Die Erinnerung an die beiden lieben Menschen nehmen Sie mit sich, wohin Sie auch gehen.«

Ganz allein würde sie wieder sein, wenn Fred fortging, denn er würde auch Traude mit fortnehmen, an die sie ihr vereinsamtes Herz gehängt hatte. Dann blieb sie allein zurück – angewiesen auf die Anhänglichkeit einer alten, kindisch gewordenen Dienerin, die sie mehr quälte als erfreute.

Traude und Fred sahen sie mitleidig an. Da raffte sie sich auf.

»Ich will mir das ernstlich überlegen, lieber Fred. Vorläufig danke ich Ihnen, daß Sie mich gern in New York haben möchten. Es lockt mich wirklich.«

»Das freut mich sehr, Tante Elisa.«

»Und Sie, Traude, werden auch Sie gern nach New York gehen?«

»Señora, Sie wissen, daß mein Bruder in New York ist. Sollte ich da nicht mit tausend Freuden dorthin gehen?«

»Nun, wir wollen sehen, was das Schicksal mit uns beiden vorhat, liebe Traude.«

Bald darauf erhob sich die Señora.

»Jetzt ist es aber Zeit zum Schlafengehen, zumal für Sie, lieber Fred. Sie sind ein Frühaufsteher und haben schon meine Pferde ausgeritten, wenn wir noch gar nicht daran denken aufzustehen. Sie kommen mit sehr wenig Schlaf aus.«

»Dafür schlafe ich aber tief und mit Inbrunst, Tante Elisa. Ich glaube, ich schlafe in einer Stunde mehr als Sie in der ganzen Nacht«, scherzte Fred.

Als er sich verabschiedet hatte, sagte die Señora zu Traude: »Kommen Sie – vielleicht ist Rosita wieder eingeschlafen. Das geschieht jetzt sehr oft.«

Sie fanden Rosita wirklich im Vorzimmer. Sie hatte sich in einem bequemen Ohrensessel niedergelassen und schlief.

»Wenn ich sie wecke, ist sie so schlaftrunken, daß sie alles verkehrt macht. Ich verzichte dann gern auf ihre Hilfe.«

Traude half der Señora schnell beim Umkleiden. »Nun wecken Sie Rosita, damit sie auch zu Bett gehen kann. Sagen Sie ihr, sie möge mir noch frisches Wasser bringen. Sie können dann gleich zur Ruhe gehen.«

Traude verabschiedete sich und ging hinaus. Schonend weckte sie die alte Dienerin. Rosita fuhr schlaftrunken auf.

»Was gibt es?« fragte sie, Traude feindselig anfunkelnd.

»Die Herrin wünscht Trinkwasser, Rosita. Sie ist zu Bett gegangen, weil Sie schliefen – Sie sollten nicht geweckt werden.«

»Ich habe nicht geschlafen – ich habe nur die Augen ein wenig geschlossen«, schalt Rosita und eilte ins Schlafzimmer der Señora. Traude hörte Rositas aufgeregten Wortschwall und dazwischen die gütig beruhigende Stimme der Señora. Dann kam Rosita mit der Wasserkaraffe wieder heraus und starrte Traude wütend an.

»Wir brauchen hier keine Deutsche mit gelbem Haar – ich will die Herrin bedienen, niemand soll sich eindrängen«, stieß sie zornig hervor.

Traude suchte ihr Zimmer auf. Ohne Licht anzuzünden, trat sie ans Fenster und atmete tief die kühle Nachtluft ein. Aber plötzlich zuckte sie zusammen. Da unten, jenseits des Gartenzaunes, stand wieder Señor Druzzia und starrte zu ihrem Fenster empor. Von Furcht befallen, schloß sie leise das Fenster und zog den Vorhang zu, ehe sie Licht anmachte. Sie preßte die Hände aufs Herz und betete: »Vater im Himmel, beschütze mich vor diesem schrecklichen Menschen.«

Sie wußte nicht, was sie von ihm befürchtete, aber es beschlich sie stets das Gefühl, als drohe ihr Unheil durch ihn.

XII

Am nächsten Morgen erhielt Traude mit der Post einen Brief ihres Bruders. Er schrieb ihr:

»Meine liebe Traude! Ich hätte Dir gern eher geschrieben, aber ich bin nicht dazu gekommen, weil ich bis in die Nacht hinein zu tun habe. Schwesterherz, ich arbeite mich in eine neue Stellung ein. Du wirst staunen, wenn ich Dir erzähle, wie ich mich verbessert habe. Ich bin als Leiter einer Abteilung der Stemberg-Kompanie in Philadelphia angestellt und bekomme mehr als das doppelte Gehalt. Mit meiner Testfahrerlaufbahn ist es vorbei. Wie das alles gekommen ist? Mister Ernest Stemberg hat plötzlich die Entdeckung gemacht, daß ich zu schade sei für den Posten eines Einfahrers und hier in Philadelphia besser zu gebrauchen wäre. Ich könnte mehr davon erzählen, aber das würde eine sehr lange Geschichte. Später sollst Du alles erfahren.

Jedenfalls bin ich ohne mein Zutun in eine sehr gute Stellung aufgerückt. Es ist doch eine Erlösung, daß ich nun wieder in einer anderen Umgebung leben kann.

Mit großem Interesse und Teilnahme habe ich gelesen, was Du über das Schicksal Señora Guardas schreibst. Traude mir ist seither immer, als müsse sie identisch sein mit der schönen gefeierten Sängerin Elisa Gartner, deren Bild wir einmal in einer Illustrierten fanden. Weißt Du noch – Vater riß es uns weg und steckte es in den Ofen, weil er alles als verächtlich bezeichnete, was mit Theater zusammenhing. Du erinnerst Dich doch, daß ich mir die Zeitung noch einmal kaufte und das Bild der schönen Sängerin jahrelang mit mir herumtrug. Ihr Bild hatte einen tiefen Eindruck auf mich gemacht – ich weiß nicht, warum. Es war nicht etwa eine jungenhafte Verliebtheit, sondern ein unbeschreibliches Gefühl von Verehrung. Ihr Bild verkörperte mir eine Welt, die Vater vor uns verschlossen hielt, nach der wir aber immer Sehnsucht hatten, Du und ich. Frage doch einmal Deine Señora, ob ihr Künstlername Elisa Gartner war. – Ihr schönes Gesicht ist mir wieder lebendig geworden, wenn ich an sie denke.

Daß Señora mit den Stembergs verwandt ist und daß Du mit Fred Stemberg zusammen die Seereise machtest, ist ein seltsames Zusammentreffen. Ich bin froh, Dich in soliden Verhältnissen zu wissen. Ich will Dich deshalb auch gar nicht bereden, Deine Stellung aufzugeben, obwohl ich jetzt gut in der Lage wäre, für Dich zu sorgen. Aber so ein Leben, wie Du es jetzt führst, könnte ich Dir doch nicht bieten. Außerdem ist meine kleine Schwester so stolz auf ihre Selbständigkeit.

Und nun habe ich noch viel auf dem Herzen – Traude, einem Menschen gegenüber muß ich es aussprechen, und wer stände mir da näher als Du? Ich liebe Maud Stemberg, ich bete sie an und lebe nur in der Hoffnung, daß ich sie wiedersehen kann. Erschrick nicht, ich verliere mich deshalb nicht und behalte festen Boden unter den Füßen. Wenn Gott will, daß ich glücklich werde, wird er mich mit Maud Stemberg vereinigen, und wenn er es nicht will – ach Traude! –, er muß wollen!

Beunruhige Du Dich nicht – ich bin ein Mann und gehe an gebrochenem Herzen nicht zugrunde. Aber glücklich macht mich meine Liebe doch. Wenn Du nur wüßtest, was für ein reizendes Geschöpf Maud Stemberg ist.

Noch eins – sage Deiner Señora, sie möge in Berlin durch das Auskunftsbüro Lachs & Co. Erkundigungen nach ihrem vermißten Sohn anstellen lassen. Diese Firma hat schon Unmögliches möglich gemacht.

Damit Schluß für heute, Schwesterherz! Schreib mir bald, nach Philadelphia an die Stemberg-Kompanie. Ich grüße und küsse Dich in brüderlicher Liebe und Treue

Dein Heinz.«

Traude las diesen Brief mit Freude. Den tiefsten Eindruck machte ihr das Bekenntnis ihres Bruders, daß er Maud Stemberg liebe.

Wie seltsam das war – ihr Bruder hatte sein Herz an Maud Stemberg verloren – und sie das ihre an Fred Stemberg. Diese beiden Menschen, die von Ernest Stemberg bestimmt gewesen waren, einander zu heiraten, waren nun ihr und ihres Bruders Schicksal geworden.

Würde ihres Bruders Liebe ebenso hoffnungslos sein wie die ihre?

Daß er Karriere gemacht hatte, freute sie sehr. Sie wußte, seiner Tüchtigkeit würde es gelingen, sich zu behaupten.

Dann las sie nochmals die Stelle durch, wo Heinz von der Señora sprach. Sie erinnerte sich ganz deutlich an die Szene, da der Vater mit fahlem Gesicht die Zeitschrift mit dem Bildnis der schönen Sängerin verbrannt hatte, sie erinnerte sich sogar, daß davon gesprochen wurde, Elisa Gartner sei von der Bühne abgegangen und nur in einem großen Wohltätigkeitskonzert noch einmal aufgetreten.

Auch das konnte stimmen – wie der Vorname Elisa.

Traude steckte den Brief zu sich und ging hinunter zum Frühstück. Ausnahmsweise nahm heute Fred Stemberg daran teil.

»Sie haben Post bekommen, Traude? Hoffentlich mit guter Nachricht?« fragte die Señora.

»Von meinem Bruder – ich kann wohl sagen, daß es gute Nachrichten sind. Zuerst möchte ich Sie, wenn es nicht unbescheiden ist, etwas fragen, Señora.«

»Also, fragen Sie, liebes Kind.«

»War Ihr Künstlername Elisa Gartner?«

»Allerdings. Wie kommen Sie darauf?«

»Durch den Brief meines Bruders.« Traude las nun vor, was Heinz ihr darüber geschrieben hatte.

»Es freut mich, daß ich so viel Verehrung genossen habe, ohne es zu wissen.«

»Ich kann mich erinnern, daß man zu diesem Bild schrieb, wie bedauerlich es wäre, daß der Bühne ein strahlender Stern entzogen worden sei.«

»Ich erinnere mich – es war mein letztes Auftreten vor der Öffentlichkeit. Ich war mit meinem Mann und meinem Sohn Fernando in New York, und man bat mich, an diesem Wohltätigkeitskonzert teilzunehmen. Und ich weiß, daß damals die ganze Presse große Artikel über mich brachte und mein Bild noch einmal in allen Zeitungen erschien. Wo sind die Zeiten hin? Damals war ich noch eine glückliche Frau und Mutter. – Also, schreiben Sie Ihrem Bruder, daß ich mit jener Elisa Gartner identisch bin und mich freue, daß ihm mein Bild so gut gefallen hat.«

»Im übrigen schreibt er mir noch, daß Sie sich an die Auskunftei Lachs & Co. in Berlin wenden möchten, wenn Sie über Ihren Sohn etwas in Erfahrung bringen wollen. Diese Firma sei außerordentlich leistungsfähig.«

»Ich danke Ihnen, liebes Kind, gerade an diese Firma habe ich mich vor meiner Abreise aus Berlin gewandt. Sie wurde uns sehr empfohlen. Also weiß ich jetzt, daß sie wirklich gut ist.«

»Haben Sie sonst noch gute Nachrichten von Ihrem Bruder« fragte Fred Stemberg jetzt.

»Die allerbesten, Mister Stemberg. Mein Bruder hat das große Glück gehabt, Mister Ernest Stemberg aufzufallen. Und nun hat er sich verbessert, er ist Abteilungsleiter der Stemberg-Kompanie in Philadelphia.«

»Ah – der Karosserieabteilung. Nun – für diesen Posten suchte mein Onkel schon lange einen geeigneten Mann. Ihr Bruder muß demnach eine energische und tatkräftige Persönlichkeit sein. Mein Onkel teilte mir in seinem letzten geschäftlichen Schreiben übrigens mit, in der Karosserieabteilung wehe jetzt ein frischer Wind; er habe für dort eine eminent tüchtige Persönlichkeit gefunden, die dem Schlendrian ein Ende bereitet habe. Das ist also Ihr Bruder. Und wenn Onkel Ernest von jemand so spricht, dann ist das so gut wie der höchste Orden.«

»Oh – ich freue mich unsagbar, daß es meinem Bruder so gutgeht. Er heißt Heinz.« –

»Heinz? – So hieß auch mein Sohn aus erster Ehe«, sagte die Señora.

»Dieser Name ist in Deutschland sehr beliebt.«

»Aber für mich verbindet sich mit diesem Namen viel Leid, viel Schmerz – und viel ungestillte Sehnsucht.«

»Wir wollen lieber von etwas anderem sprechen, was Sie ablenkt. Wann fahren Sie nach dem El Cerro hinüber?«

»Gleich nach dem Frühstück.«

»Sie haben guten Wind für die Fahrt. Und ich muß mich jetzt empfehlen. Auf Wiedersehen bis heute abend, Ladys.«

Als sie allein waren, sagte Traude:

»Rosita war gestern abend böse, daß wir sie nicht geweckt haben und ich Ihnen half. Sie sah mich zornig an und sagte: ›Wir brauchen keine Deutsche mit gelbem Haar.‹«

»Es ist wirklich ein Kreuz mit ihr. Sie wird alle Tage kindischer in ihrer törichten Eifersucht. Gestern abend hat sie mich ausgescholten wie ein unartiges Kind. Sie verlangte allen Ernstes, ich möge Sie fortschicken. Ich sehe schon, daß ich einmal ein Machtwort sprechen muß, um sie zur Vernunft zu bringen. Aber dadurch wollen wir uns den schönen Morgen nicht trüben lassen, Traude. – Machen Sie sich bitte fertig zu unserer Segelfahrt. Inzwischen schicken Sie mir Rosita, damit sie mir hilft.«

Traude fand Rosita aber weder im Vorzimmer noch unten im Dienstbotenzimmer. Ein Diener sagte ihr, Rosita sei vor einer Weile durch die Hinterpforte in den Garten gegangen.

Traude hätte den Diener nach Rosita schicken können,

aber in ihrer Gutmütigkeit suchte sie nach einer Gelegenheit, der alten Dienerin ein paar freundliche Worte zu sagen. So ging sie selbst in den Garten und sah sich suchend um, da erblickte sie Rosita am Gartenzaun, und draußen vor dem Zaun stand – Señor Druzzia und redete eifrig auf Rosita ein.

Traude beschlich ein unheimliches Gefühl. Sie wollte sich schnell zurückziehen, aber Druzzia hatte sie schon entdeckt und mußte wohl Rosita auf sie aufmerksam gemacht haben, denn diese kam jetzt schnell auf Traude zu und redete, gegen ihre Gewohnheit, mit einer fast aufdringlichen Freundlichkeit auf sie ein. Sie sprach auch von Señor Druzzia.

»Ein reizender Señor – ein lieber Señor – und reich, oh – so reich. Er haben noch keine Señora, und wenn er sich verheiratet, dann kann lachen, die ihn bekommt. Er gesagt zu mir, ich soll ihm verraten Ihre Lieblingsblumen. Ich haben gehört, daß Sie lieben Rosen. Ei, ei – der Señor hat zu tief gesehen in Ihre Augen, er ist ganz – oh, wie sagt man –, ganz voll Liebe.«

Traude hatte bei Rositas Worten die Stirn zusammengezogen. »Sie sollten sich nicht mit Señor Druzzia über mich unterhalten, Rosita.«

»Oh, oh! Nur nicht so stolz! Man kann nie wissen – Señor Druzzia ist reicher Mann – hat ein großes Landgut, ein schönes Haus in Montevideo. Man soll dem Glück nicht aus dem Weg gehen.«

»Bitte, kein Wort mehr, Rosita! Ich will nichts von Señor Druzzia hören. Wenn er mir etwas zu sagen hat, soll er offen durch die Tür kommen. Ich werde ihm dann sagen, was ich über ihn denke.«

Druzzia hatte reglos am Gartenzaun gestanden und

Traude angestarrt. Jetzt verbeugte er sich und warf ihr eine Kußhand zu.

»Was für ein Mensch! Er ist von Sinnen!« stieß sie hervor.

»Von Sinnen vor Liebe zu deutscher Señorita mit gelbem Haar«, flüsterte ihr Rosita zu, die ihr gefolgt war.

Aller guter Wille, der alten Dienerin ein paar freundliche Worte zu sagen, war Traude vergangen. Sie hätte Rosita am liebsten heftig ausgescholten. Die Augen der Alten schossen giftige Blitze auf Traude. Diese sah ihr mit düsterem Gesicht nach. Sie sah ein – jetzt mußte sie Señora Guarda Mitteilung machen, wie sich Druzzia ihr gegenüber benommen hatte und daß er mit Rosita konspirierte.

Als sie sich umgezogen hatte, begab sie sich zur Señora. Bei dieser fand sie Rosita, die anscheinend schon geplaudert hatte, denn die Señora sagte befremdet:

»Rosita sagt mir, zwischen Ihnen und Druzzia bandle sich eine Liebesgeschichte an, und Sie würden bald Señora Druzzia werden. Wie soll ich das verstehen, liebes Kind?«

Traude war vor Entrüstung rot und blaß geworden, und in großer Erregung erzählte sie der Señora nun all ihre Nöte und Ängste. »Ich hätte Ihnen das alles schon längst berichtet, Señora, aber mir ist diese ganze Angelegenheit entsetzlich peinlich. Dieser Druzzia ist widerwärtig, und ich schäme mich, daß er es wagt, mich in dieser Weise zu behelligen. Und nun zieht er auch noch Rosita in diese Angelegenheit hinein. Was müssen Sie von mir denken?«

Dies alles stieß Traude in großer Erregung hervor.

Rosita stand dabei und versuchte, all ihre Worte zu verstehen. Aber Traude sprach so schnell und so hastig, daß sie nur wenig verstand.

Die Señora hatte mit Unbehagen Traudes Worten gelauscht. Jetzt sah sie Rositas neugierig brennenden Blick.

»Du kannst gehen, Rosita, ich brauche dich nicht mehr. Sage Danielo Bescheid, in zehn Minuten kommen wir zum Bootssteg.«

Zögernd ging Rosita. In ihren Augen glimmte Haß auf Traude.

Als die beiden Damen allein waren, faßte die Señora Traudes Hand.

»Armes Kind, hätten Sie mir nur gleich alles gesagt. Nun ist mir wenigstens klargeworden, welcher Magnet ihn zu meinem Hause zieht.«

»Wenn Sie mir bitte nur glauben, Señora, daß ich Druzzia nicht die leiseste Veranlassung gab zu seinem Verhalten.«

»Selbstverständlich glaube ich Ihnen das. Da können Sie ganz beruhigt sein. Druzzia ist als gewissenloser Don Juan bekannt. Er will Sie besitzen, aber nicht heiraten. Am besten gehen Sie ihm so weit wie möglich aus dem Weg. Vorläufig bin ich noch ratlos. Ich möchte nicht einmal meinem Neffen etwas darüber sagen.«

»Um Gottes willen nicht«, entfuhr es Traudes Lippen.

»Er würde sich nicht lange besinnen und diesem Druzzia eine Lektion erteilen. Aber dazu dürfen wir es nicht kommen lassen. Einem Mann wie Druzzia sitzt das Messer immer locker. Fred würde auch nicht viel Federlesens mit ihm machen. Kind, diese Angelegenheit verleidet mir Montevideo wieder einmal sehr. Aber wir wollen uns die Sache nicht schwerer machen, als sie ist. Ich hoffe, Druzzia wird bald merken, daß er bei Ihnen nicht zum Ziel kommt. So schnell er entflammt ist, so schnell wird er wieder abgekühlt sein. Rosita werde ich verbieten, mit Druzzia zu schwatzen. Und nun wollen wir über die Bay segeln, da wird es uns wieder freier und leichter ums Herz werden.«

»Ich bin so froh, daß Sie nun alles wissen.«

»Kind – ich kenne Sie doch und weiß, daß Sie völlig schuldlos sind.«

XIII

Maud Stemberg hatte klaglos die Trennung von Heinz Rutland ertragen, aber ihr Vater merkte doch, daß ihre frischen Wangen bleicher wurden und ihre sonst so leuchtenden Augen matter.

Das zerrte natürlich dem zärtlichsten aller Väter am Herzen, und eines Tages, als er mit Maud beim Frühstück saß, sagte er:

»Ich fahre morgen nach Philadelphia, um mir anzusehen, was Rutland dort zuwege gebracht hat.«

Maud wechselte die Farbe. Sie sah ihren Vater mit großen, sehnsüchtigen Augen an.

»Wirst du lange bleiben, Vater?«

»Ich komme am nächsten Tag zurück. Was wirst du die beiden Tage anfangen?«

»Ich werde im Geiste jedem deiner Schritte folgen.«

»Hast du nichts anderes vor?«

»Nein.«

»Dann könntest du mich doch begleiten. Oder ist es dir zu langweilig oder zu beschwerlich?«

Sie starrte ihn sprachlos an.

»Nun? Keine Lust?« fragte er scheinbar ganz harmlos.

Da sprang sie auf und küßte ihn stürmisch.

Er wehrte sie ab, mit seiner Rührung kämpfend.

»Drücke mich nur nicht tot! Freust du dich denn so sehr auf Philadelphia?«

»Ach – das weißt du doch, lieber Vater.«

»Sitzt es denn so tief?«

Sie drückte die Hände aufs Herz.

»Noch tiefer!« stieß sie halb lachend, halb weinend hervor.

»Hm! Aber eine Bedingung habe ich.«

»Und die wäre?«

»Daß du mir wieder rote Wangen bekommst und blanke Augen. Ich kann es nicht länger mit ansehen, wie du jetzt herumläufst.«

»Ich war doch so tapfer, lieber Vater.«

»Aber nur äußerlich. Du sollst auch innerlich tapfer sein und ganz unverzagt.«

»Herzensvater, du bist doch der beste Mensch auf der Welt.«

»So? Das hast du also herausgefunden? Dann begreife ich nicht, wie du so blaß aussehen kannst. Denkst du, daß dies ein erhebender Anblick für mich ist?«

»Es soll anders werden, Vater.«

»Das bitte ich mir aus.« –

Und am nächsten Morgen fuhren Vater und Tochter zusammen nach Philadelphia. Stemberg hatte sich nicht angemeldet. Völlig unerwartet stand er plötzlich auf dem großen Hof der Karosserieabteilung, Maud neben ihm.

Sie sahen beide, daß Heinz Rutland gerade dabei war, einigen Arbeitern zu zeigen, wie sich der Transport einer Karosserie vereinfachen und erleichtern ließ.

»Das geht mit der halben Zeit, der halben Kraft und mit halben Kosten, wenn richtig angefaßt wird«, sagte er gerade energisch.

Und dabei griff er selbst tüchtig mit zu und riß die Arbeiter, die sich nicht beschämen lassen wollten, mit sich fort. Die Arbeiter sahen staunend, was für Kräfte in dem sehnigen Körper steckten. Auch Stemberg und seine Tochter staunten.

»So ein Teufelskerl! Hast du das gesehen, Maud?« fragte Mister Stemberg seine Tochter.

Sie nickte mit leuchtenden Augen.

Als die erste Karosserie auf dem langen Transportwagen gelandet war, wandte sich Heinz, die Hände abklopfend, um, und wollte ins Bürohaus hinübergehen. Da erblickte er Vater und Tochter. Es ging wie ein Ruck durch seinen Körper. Aber dann hatte er sich schon wieder in der Gewalt und schritt schnell auf die beiden zu.

»Mister Stemberg, ich freue mich, Sie zu sehen«, sagte er mit bebender Stimme, wobei seine Augen auf Miß Stembergs Gesicht ruhten. Ihre Blicke trafen sich, und es war ihnen, als sei die ganze Welt um sie versunken.

Stemberg schob den Hut aus der Stirn, als sei ihm zu heiß. Eine Weile ließ er es geschehen, daß die beiden sich in so atemloser Freude anstrahlten. Dann sagte er trocken:

»Mir scheint, Sie sind vor Freude sprachlos geworden, Rutland.«

Heinz atmete lächelnd auf. »Verzeihung, Mister Stemberg – Ihr Kommen hat mich überrascht. Gestatten Sie, daß ich Miß Stemberg begrüße?«

»Hm! Das gehört sich wohl so.«

»Ich freue mich unsagbar, Sie wiederzusehen, Miß Stemberg.«

Sie reichte ihm die Hand, die er mit einem festen warmen Druck umfaßte.

»Die Freude ist gegenseitig, Mister Rutland. Wir haben gerade mit angesehen, wie Sie den Arbeitern eine Lektion mit handgreiflichem Beispiel erteilten. Es war fabelhaft.«

»Well – das war es! Ich bin gekommen, um mich zu überzeugen, ob Sie schon reformatorisch gewirkt haben. Meine Tochter ist ebenfalls neugierig – deshalb hat sie mich begleitet.«

Heinz verbeugte sich. »Darf ich Sie gleich herumführen, Mister Stemberg?«

»Wenn Sie nicht erst bekanntgeben wollen, daß ich eingetroffen bin?« Dabei sah der alte Herr Heinz forschend an.

»Es wäre mir lieber, wenn Sie Ihre Inspektion ohne Anmeldung begännen. Dann haben Sie einen unmittelbaren Eindruck und können überzeugt sein, daß ich Ihnen keine potemkinschen Dörfer habe aufbauen lassen.«

Mit Wohlgefallen sah Stemberg den jungen Mann an.

Heinz Rutland führte Vater und Tochter nun durch das ganze Werk. Und nirgends gab es, wie früher überall, Anlaß zu Ärger und Unzufriedenheit. Stemberg merkte sehr wohl, daß jetzt ein anderer Wind im Betrieb herrschte, und stellte mit Befriedigung fest, daß die Leute Rutland auf ein Wort oder einen Blick gehorchten.

Ein Teufelskerl! Er hat wirklich in wenigen Wochen Wunder vollbracht, dachte er bei dem Rundgang.

Als die Besichtigung vorüber war und Stemberg einen Einblick in die Bücher getan hatte, der ihn befriedigte, sah er Heinz mit einem scharfen Blick an.

»Nun führen Sie uns in Ihr Büro, Rutland, damit wir ungestört sprechen können.«

Es war ein einfach ausgestatteter Raum, den Heinz für sich hatte einrichten lassen. Jedem Stück der Einrichtung sah man die Zweckmäßigkeit an. Der Schreibtisch stand am Fenster, davor ein schlichter Rohrsessel. Diesen schob Heinz für Maud zurecht. Dann holte er aus einer Ecke einen einfachen Holzstuhl, den er für Stemberg bereitstellte. Er selbst blieb stehen, an seinen Schreibtisch gelehnt.

»Sie sind sehr primitiv eingerichtet, Rutland.«

»Es genügt mir. Ich hatte noch keine Zeit, hier etwas zu ändern.«

»Aber es muß geschehen. Dieser Raum muß repräsentativer aussehen.«

Heinz war stärker erregt, als er zeigen wollte. Vielleicht waren seine Hände unsicher. Er blieb am Rockaufschlag hängen, und seine Brieftasche fiel zu Boden, dicht vor die Füße von Vater und Tochter. Dabei schob sich aus der Brieftasche die Fotografie einer jungen Dame.

Vater und Tochter starrten wie hypnotisiert auf dieses Bild. Aber ehe Heinz Brieftasche und Bild aufheben konnte, hatte sich Stemberg schnell hinabgebeugt und hob das Foto auf. Er sah in ein schönes junges Mädchengesicht und las die Worte, die in feiner Handschrift unter dem Bild standen:

›Vergiß nie Deine Traude!‹

Stembergs Gesicht schien zu versteinern. Er zögerte einen Augenblick, aber dann gab er Maud die Fotografie mit einem schnellen Entschluß. Wenn sie eine Enttäuschung erleben mußte, dann sollte es auf der Stelle geschehen.

Maud war sehr blaß. Sie sah in die großen schönen Augen Traude Karstens – das Herz tat ihr weh wie noch nie im Leben. Die Worte unter dem Bild tanzten einen wilden Reigen.

Heinz hatte inzwischen seine Brieftasche aufgehoben und sah erstaunt in die beiden versteinerten Gesichter.

Er begriff nicht gleich, was vorging, ahnte nicht, daß Maud eifersüchtigen Schmerz empfand und daß Stemberg glaubte, diese Traude sei Rutlands Geliebte, und seine Tochter müsse nun eine schmerzliche Enttäuschung erleben.

Maud reichte endlich Heinz mit zitternden Händen die Fotografie und stieß tonlos hervor:

»Wer ist das?«

Heinz sah dabei in ihren Augen den Eifersuchtsschmerz und begriff nun erst.

Eifersüchtig – auf meine kleine Traude? dachte er. Mit der Hand über das Bild streichelnd, sagte er mit ernstem Blick in Mauds Augen:

»Das ist meine Schwester – meine Stiefschwester zwar nur –, aber ich habe sie herzlich lieb.«

Das Blut kehrte in Mauds Wangen zurück, und ihre Augen wurden feucht vor Erleichterung.

»Ihre Schwester also – ich glaubte –, ich ...«

Fest und ruhig sah er sie an. »Nein, Miß Stemberg – *geglaubt* haben Sie nichts anderes –, Sie können nichts anderes geglaubt haben.«

»Man ist zuweilen nicht Herr über seine Gedanken.«

Auch Stemberg war wieder zu sich gekommen, als er Maud lächeln sah. Aber er war kein leichtgläubiges Mädchen und wollte der Sache auf den Grund gehen.

»Eine sehr schöne junge Dame, Ihre Schwester. Wo lebt sie denn?«

»Momentan in Montevideo, wohin sie mit der Cap Polonio gefahren ist.«

»Wie? Ihre Schwester reiste mit der Cap Polonio?«

Vater und Tochter sahen ihn überrascht an.

»Ja – und zwar als Gesellschafterin von Señora Guarda. In Begleitung der Señora reiste auch Mister Fred Stemberg.«

»Ah – jetzt weiß ich, Ihre Schwester heißt Traude Karsten, nicht wahr? Und sie hat hellblondes Haar und braune Augen.«

»So ist es.«

Maud legte die Hand auf ihres Vaters Schulter.

»Das ist die junge Dame, von der uns Fred schrieb. Wir ahnten nicht, Mister Rutland, daß Tante Elisas Gesellschafterin Ihre Schwester sei. Mein Vetter schrieb uns von ihr. Sie muß schön und sehr lieb sein. Ist das nicht alles wie eine Fügung des Himmels?«

Stemberg schnaufte ein wenig, als ringe er um Atem. »Geben Sie mir das Bild noch einmal her, Rutland, ich habe Interesse an der jungen Lady, weil sie bei einer sehr lieben Verwandten engagiert ist.«

Heinz gab ihm Traudes Bild.

»Ein schönes, liebenswertes Gesicht, daß muß man sagen. Ich kann mir denken, daß diese junge Lady die vernünftigsten Köpfe verdrehen kann. – Doch nun wollen wir von anderem reden. Also, dieses Büro soll besser ausgestattet werden. Schließlich müssen Sie repräsentieren, Mister Direktor. Ich hoffe, dieser Titel gefällt Ihnen.«

Heinz stand wie gelähmt und starrte ihn an. Und dann sah er, daß Maud ihren Vater stürmisch umarmte und küßte. Was die Direktoren der Stemberg-Kompanie für wichtige Persönlichkeiten waren, wußte er. Es erschien ihm unfaßbar, daß er nun einer von ihnen sein sollte.

»Das soll doch wohl nur ein Scherz sein, Mister Stemberg?« sagte er heiser.

Der alte Herr löste sich aus Mauds Armen. »Einen Moment – meine Tochter fällt mit ihren Zärtlichkeiten in unsere geschäftliche Konferenz. Sie fragen mich, ob das ein Scherz ist. Sie sind noch ein Greenhorn, sonst müßten Sie wissen, daß bei uns in Geschäften keine Scherze gemacht werden. Bitte, Mister Direktor – rufen Sie drüben im großen Saal alle Angestellten und Arbeiter zusammen, damit ich Sie als Direktor vorstellen kann. Ich komme dann mit meiner Tochter hinüber.«

Erregt sah ihn Heinz an.

»Darf ich Ihnen erst danken für das mir erwiesene Vertrauen und die große Auszeichnung?«

Stemberg reichte ihm die Hand.

»Sie haben sich diese Auszeichnung redlich verdient durch Ihr tatkräftiges, entschlossenes Eingreifen in dieser etwas stiefmütterlich von uns behandelten Abteilung. Ich wäre ein schlechter Geschäftsmann, wenn ich nicht verstehen würde, die rechten Menschen an die rechte Stelle zu setzen. Und Sie werden auch anderen imponieren. Darauf kommt es an in Ihrer Stellung. Und nun rufen Sie die Leute zusammen.«

Jetzt reichte ihm auch Maud die Hand.

»Darf ich Ihnen gratulieren, Mister Direktor?«

Er beugte sich über ihre Hand und preßte seine Lippen darauf, dann verließ er schnell das Büro.

Am Abend saßen die drei in Stembergs Hotelsalon. Er ließ das Souper dort servieren, damit sie ungestört waren. Heinz mußte von Deutschland erzählen, von seiner Vergangenheit, von seiner Schwester. Mit keinem Wort wurde erwähnt, was Maud und Heinz am tiefsten bewegte. Stemberg gab sich den Anschein, als wisse er nichts von der sehnenden Liebe in den beiden jungen Herzen.

Aber dann wurde er ans Telefon gerufen, New York wollte mit ihm sprechen. Er erhob sich und sagte:

»Ich werde gleich zurück sein.«

Als sich die Tür hinter ihm geschlossen hatte, faßte Heinz Mauds Hand. Er barg das Gesicht, von seinem Gefühl überwältigt, in der schlanken weißen Mädchenhand. Kein Wort sprach er dabei vor unterdrückter Erregung.

Da legte sie ihre andere Hand auf seinen Kopf und strich sanft über sein Haar.

»Wir müssen geduldig warten, Heinz Rutland, bis wir unser Glück aus meines Vaters Hand empfangen. Ich habe es ihm versprochen. Er wird uns nicht länger auf die Probe stellen, als es sein muß – und wir wollen diese Probe tapfer bestehen, nicht wahr?«

Er hob den Kopf und sah sie an mit einem Blick, der ihr alles enthüllte, was er für sie empfand. Und so saßen sie, Auge in Auge, Hand in Hand, bis Stemberg zurückkam. Er sah sie forschend an, ihre Augen leuchteten klar. Er war zufrieden.

Und in schönster Harmonie ging dieser Abend zu Ende.

XIV

Traude Karsten hatte für die Señora eine Besorgung zu machen, da diese sich heute nicht ganz wohl fühlte. So war Traude allein in das Geschäft gefahren, wo sie schon einige Male gewesen war.

Als sie den Wagen vor dem Geschäft verließ, stand plötzlich Señor Druzzia vor ihr. Er vertrat ihr den Weg und sah sie mit glühenden Blicken an.

»Angebetete Señorita, ich bitten Ihnen, sosehr ich kann, hören Sie mich. Ich sein vor Liebe nach Ihnen krank. Bitte – seien Sie nicht eine harte Herz zu mir. Sagen Sie mir, wie ich mit Ihnen kann einmal zusammensein – allein. Ich muß Ihnen viel sagen von meiner Liebe. Ich will Ihnen erfüllen jedes Wunsch. Wann kann ich Ihnen wiedersehen?«

Traude stand wie gebannt. Diese Worte fluteten wie ein versengende Welle über sie dahin. Es war ihr schrecklich. So ein aufdringlicher, ekelhafter Mensch! In höchster Angst riß sie sich los und eilte, ohne ein Wort zu erwidern, in den Laden.

Sie mußte sich erst auf ihren Auftrag besinnen. Dabei schnürte ihr die Angst fast die Kehle zu, daß Druzzia noch draußen stehen könne. Ihr war, als drohe ihr Gefahr. Und sie hatte Rosita in Verdacht, daß sie dem Señor gesagt hatte, daß sie zu diesem Geschäft fahren würde.

Zaghaft trat sie auf die Straße. Druzzia stand am Wagenschlag und wartete auf sie. Am liebsten wäre sie in sinnloser Flucht davongelaufen. Aber alle Kraft zusammennehmend, ging sie auf den Wagen zu. Er öffnete ihn mit einer Verneigung und ließ sie einsteigen. Dann beugte er sich in den Wagen hinein und flüsterte:

»Ich kann nicht von Ihnen lassen – ich sein voll Liebe, und ich muß Sie besitzen. Lorenzo Druzzia hat noch nie vergebens nach einem Weib verlangt. Bedenken Sie – sagen Sie mir ein Ja –, sonst ich tun etwas sehr Schlimmes. Ich muß – ich muß –, ich liebe Ihnen!«

Traude lehnte blaß und verstört im Wagen, bis er zurücktrat. Sie schluchzte auf, als sie endlich davonfuhr. Eine furchtbare Angst vor Druzzia war in ihrem Herzen.

Als sie nach Hause kam, suchte sie die Señora auf und erzählte ihr, was geschehen war.

»Sollte Rosita ihm verraten haben, wohin Sie fuhren?«

»Ich kann es mir nicht anders erklären, Señora.«

»Es hat nicht viel Zweck, Rosita zu verhören. Beruhigen Sie sich, liebes Kind, so wilde Leidenschaft erlischt meist schnell.«

Traude begab sich dann auf ihre Zimmer, um sich umzukleiden. Als sie aber die Tür geöffnet hatte, blieb sie erschrocken stehen. Wohin ihre Augen blickten, sah sie nichts als Rosen, blühende Rosen in allen Farben. Sie standen in Vasen und großen Körben, wo nur irgend Platz dafür war, und erfüllten die Luft mit schweren Düften.

Nur zaghaft ging sie hinein und entdeckte auf dem Mitteltisch vor einem mit roten Rosen gefüllten Korb eine Visitenkarte.

»Lorenzo Druzzia hat keinen anderen Wunsch, als zu

bestreuen Ihre Lebensweg mit Rosen. Und kein ander Sehnsucht, als zu besitzen die goldhaarige Señorita.«

Was wagte dieser Mensch? Wie kamen seine Blumen hierher? Ihr war, als müsse der Rosenduft sie ersticken und als züngelten giftige Schlangen zwischen den Rosen hervor.

Ans Fenster eilend, riß sie die Flügel weit auf und eilte dann zur Señora hinunter. Erregt berichtete sie, was sie in ihrem Zimmer gefunden hatte.

»Jetzt wird mir das aber zuviel! Was denkt sich dieser Druzzia, daß er nicht einmal den Frieden meines Hauses respektiert? Rufen Sie mir Rosita, die scheint mir beteiligt an dieser Sache. Sie schwatzt mir schon seit Tagen die Ohren voll von dem großen Glück, das Sie machen könnten. Anscheinend möchte Rosita Sie gern dadurch aus dem Haus haben; denn sie ist vor Eifersucht auf Sie ganz verrückt. Also rufen Sie Rosita herbei! Ich muß energisch mit ihr sprechen.«

Traude klingelte, und gleich darauf erschien Rosita, die anscheinend an der Tür gehorcht hatte.

»Wie kommen die Rosen in Fräulein Karstens Zimmer? Du weißt davon, Rosita.«

Diese warf einen tückischen Seitenblick auf Traude.

»Ja, mein Augentrost, gewiß weiß ich davon. Señor Druzzia hat seinen Gärtner mit den Blumen geschickt und gebeten, ich soll die Blumen im Zimmer der blonden Señorita aufstellen. Der arme Señor – er liebt die blonde Señorita so sehr, aber sie hat ein kaltes, hartes Herz.«

»Und warum hast du mir nicht gemeldet, daß der Gärtner gekommen war? Du weißt doch, daß Fräulein Karsten nichts mit dem Señor zu tun haben will.«

»Aber, mein Seelchen, wozu sollte ich dich aufregen,

wo ich doch weiß, daß dir nicht gut ist? Es ist doch nichts Schlimmes, was der Deutschen geschieht, wenn man ihr Rosen ins Zimmer stellt. Sie soll allen Heiligen danken, daß ein Mann wie Señor Druzzia sich in ihre gelben Haare vernarrt hat.«

»Rosita, du weißt genau, daß dies alles gegen meinen Willen geschehen ist.«

»Bei allen Heiligen! Wie würde ich etwas gegen deinen Willen tun? Wenn ich der blonden Señorita zu ihrem Glück verhelfe, das kann doch nicht gegen deinen Willen sein.«

»Du willst nicht verstehen – geh und räum sofort die Rosen aus Fräulein Karstens Zimmer. Nicht eine einzige läßt du zurück!«

»Wie du wünschst, Herrin. Die schönen Rosen! Was soll damit geschehen?«

»Du hast sie angenommen, nun sieh zu, wie du sie wieder los wirst. Und wage es nicht noch einmal, eine Sendung von Señor Druzzia an Fräulein Karsten anzunehmen – auch keine Briefe und Botschaften. Gehorchst du mir nicht, müßte ich an deiner Treue zweifeln.«

Da stürzte sich Rosita exaltiert zu ihren Füßen nieder, weinte und jammerte, immer wieder ihre Treue beteuernd und die Señora an Vorkommnisse erinnernd, bei denen sie sie bewiesen hatte. Aber die Señora war ernsthaft böse und riß sich unwillig los.

»Geh hinaus und tue, was ich dir befohlen habe.«

Rosita erhob sich und ballte die Fäuste zornig gegen Traude.

»Sie ist schuld, die gelbe Hexe – daß du mir böse bist«, stieß sie wütend hervor und ging dann jammernd hinaus.

Traude sah ihr mit bleichem Gesicht nach und blickte dann mit bangen Augen die Señora an. Gütig zog die alte Dame Traude an sich.

»Machen Sie sich ja keine Vorwürfe. Ich weiß sehr wohl, daß Sie unschuldig sind. Jeder andere als dieser Druzzia wäre an seiner Ehre zu packen und vernünftigen Argumenten zugänglich. – Nun, wir werden sehen. Absichtlich habe ich Rosita nicht verboten, mit ihm zu sprechen. Sie soll ihm berichten, daß Sie seine Blumen zurückgewiesen haben. Vielleicht verletzt das seine Eitelkeit und kühlt ihn ab.«

Einen Moment dachte Señora Elisa auch daran, Fred Stemberg einzuweihen – aber Fred liebte Traude und würde sich Druzzia verraten, wenn er ihn zur Rede stellte. Dann war Fred seines Lebens nicht mehr sicher. Druzzia würde in seiner Eifersucht auch vor dem Schlimmsten nicht zurückschrecken.

Als am Abend dieses Tages Fred von seinen Geschäften zurückkehrte, übte seine frohe Laune die beste Wirkung aus.

Er schimpfte zwar über faule Arbeiter und sonstigen geschäftlichen Ärger, aber er tat das in einer Art, die mehr amüsierte als bedrückte. Für Fred waren im Laufe des Tages Briefe angekommen. Es waren geschäftliche Nachrichten von der Stemberg-Kompanie und außerdem ein Brief von seiner Kusine Maud. Sie schrieb ihm:

»Mein lieber Fred! Ich weiß nun, wie Deine blonde Miß Karsten aussieht, und ich freue mich über Deinen guten Geschmack. Was hat sie für ein liebes süßes Gesicht! Du staunst? Ich habe es auf einer Fotografie gesehen, die aus der Brieftasche des neuen Direktors der Karosserieabteilung fiel. Und darunter hatte die schöne blonde Miß geschrieben: Vergiß nie Deine Traude. Oh – jetzt loderst du wohl auf in wilder Eifersucht, wie es mir in jenem Moment auch erging –, der neue Direktor der Stemberg-Kompanie, der Gentleman-Einfahrer, der ehemalige deutsche Offizier – alles ist dieselbe Person und Miß Traude Karstens Bruder. So ist es. Was sagst Du dazu? Wunderst Du Dich, daß er vom Testfahrer zum Direktor avanciert ist? Ich nicht! Er ist eminent tüchtig und zuverlässig, er hat Vater imponiert. Du weißt, so zärtlich Ernest Stemberg als Vater ist, als Chef ist er hart wie Stahl. Es ist nicht leicht, ihm zu imponieren. Gelingt es aber jemand, dann ist er ein gemachter Mann. Und der neue Direktor ist einer. Das macht mir große Freude; denn das will ich Dir gleich sagen, Fredy, keinem anderen als diesem Mann werde ich angehören. Vater wird eines Tages seine Einwilligung dazu geben, er ist so gut und will mein Glück. Das finde ich an der Seite dieses Mannes, den ich liebe und der mich liebt, so, wie ich geliebt sein will. Und nun schreib mir doch, wie stehst Du jetzt zu Traude? Du mußt mir alles offen sagen, wie ich Dir auch alles anvertraut habe.

Grüße Tante Elisa herzlich von mir. Sie soll bald wieder nach New York kommen und für längere Zeit bleiben. Grüße auch Traude von mir – sehr herzlich, und sage ihr, daß ich mich darauf freue, sie kennenzulernen, wenn sie mit Tante Elisa hierherkommt.

Deine Kusine Maud.«

Lächelnd sah Fred vor sich hin. Was sie ihm schrieb von Traude Karstens Bruder und ihrem Vater, das machte ihm das Herz leicht und frei. Es war ihm doch lieb, seinen künftigen Schwager schon in einer annehmbaren Situation zu finden. Er steckte den Brief zu sich. Schnell überflog er auch noch die geschäftliche Korrespondenz.

Eine halbe Stunde später traf er unten im Speisezimmer mit Traude zusammen. Die Señora war noch eine Weile von Ranzio aufgehalten worden. So waren die beiden jungen Menschen seit langer Zeit zum erstenmal allein. Fred fiel es auf, daß Traude ein wenig bleicher war als sonst, aber sie war ihm trotzdem noch nie so schön und liebenswürdig erschienen als jetzt.

»Traude!« rief er leise. Der Name entschlüpfte seinen Lippen, ohne daß er es wollte.

Sie sah ihn fragend an.

»Mister Stemberg, wie kommen Sie dazu, mich bei meinem Vornamen zu nennen?«

»Sie dürfen mich nicht schelten. Meine Kusine Maud hat mir geschrieben, daß ich Sie grüßen soll, sehr herzlich, und daß sie sich freut, Sie kennenzulernen.«

»Bitte, sagen Sie Miß Stemberg einen herzlichen Dank für ihren Gruß. Es klingt hoffentlich nicht anmaßend, wenn ich ihr sagen lasse, daß ich mich auch sehr darauf freue, sie kennenzulernen.«

»Schrecklich anmaßend! Und ein Gesicht machen Sie dabei – wie die kleine Traude, wenn sie sich vor dem gestrengen Herrn Lehrer gefürchtet hat.«

»Ach, Mister Stemberg, es sind nicht alle Menschen so gut wie Sie, Señora Guarda und Miß Stemberg.«

In demselben Moment trat Señora Guarda ein, und Fred entledigte sich nun auch ihr gegenüber der aufgetragenen Grüße. Dann ging man zu Tisch, und unter angeregtem Geplauder vergaßen die beiden Damen die unangenehme Affäre mit Druzzia.

In bester Stimmung trennte man sich, um zur Ruhe zu gehen.

XV

Am nächsten Morgen bekam die Señora Post aus Deutschland. Ihre Hand zitterte ein wenig, als sie den Brief öffnete.

»Er ist von Lachs & Co., der Auskunftei, die ich mit Nachforschungen nach meinem Sohn beauftragt habe«, sagte sie zu Fred und Traude, die mit ihr zusammen beim Frühstück saßen.

»So lesen Sie, Tante Elisa«, drängte Fred.

Sie atmete zitternd. »Ich weiß – es ist die Bestätigung, daß mein Sohn tot ist –, und wenn ich diesen Brief gelesen habe, wird der letzte schwache Hoffnungsfunke erloschen sein«, sagte sie mit blassen, bebenden Lippen.

Die beiden jungen Menschen sahen sie teilnahmsvoll an.

»Vielleicht erhalten Sie doch eine gute Nachricht, Señora«, meinte Traude ermutigend.

»So töricht bin ich nun, daß ich mich fürchte, diesen Brief zu lesen. Immer habe ich mir gesagt, daß ich nicht mehr hoffen darf – und doch klammere ich mich an diesen letzten Strohhalm. Es wird wie mein eigenes Todesurteil sein, wenn ich jetzt mit Bestimmtheit erfahre, daß mein Sohn tot ist. Aber alles Zögern hilft nichts.«

Und hastig riß sie den Brief aus dem Kuvert, entfaltete ihn und überflog den Inhalt.

Fred und Traude sahen sie besorgt an. Aber sie sahen nur, daß eine furchtbare Erregung in dem Gesicht der alten Dame zuckte. Und als sie zu Ende gelesen hatte, entrang sich ein krampfhaft aufschluchzender Laut ihren Lippen. Das Gesicht in den Händen bergend, sank sie wie haltlos in sich zusammen.

Traude sprang auf und legte die Arme um die fassungslos Erschütterte. »Señora – liebe teure Señora –, kann ich nichts tun, Ihren Schmerz zu lindern?« stammelte sie.

Fred beugte sich vor und streichelte über ihr Haar.

»Arme Tante Elisa – wie schlimm für mich, daß ich Sie nicht trösten kann.«

Aber da richtete sich die Señora auf und sah mit Augen, aus denen die Tränen stürzten, die beiden an.

»Mein Sohn lebt!« Wie ein Schrei brach das aus ihr hervor.

Traude und Fred sahen sie fassungslos an.

Sie nickte nur, während Schluchzen ihren Körper schüttelte. Dann deutete sie zitternd auf den Brief, der ihr entfallen war.

»Bitte – mir vorlesen – laut vorlesen –, damit ich es glauben kann«, stieß sie hervor.

Fred hob den Brief auf und las vor:

»Sehr geehrte gnädige Frau! Zu unserer Freude sind unsere Nachforschungen nach Ihrem vermißten Sohn von Erfolg gekrönt gewesen. Umfassende Recherchen und ein Aufgebot tüchtiger Angestellter unserer Auskunftei haben folgendes einwandfrei festgestellt:

Ihr Herr Sohn ist mit Sicherheit lebend aus dem Krieg heimgekehrt und gesund. Er hat selbst darum nachgesucht, daß sein Name aus der Vermißtenliste gestrichen werden möge. Dies ist aber durch die Nachlässigkeit eines Beamten versäumt worden.

Einige ehemalige Kameraden Ihres Herrn Sohnes haben bezeugt, daß sie ihn noch verschiedentlich gesehen haben. Einer dieser Herren hat Ihren Herrn Sohn gesprochen. Diesem gegenüber hat er geklagt, daß es ihm nicht gelingen wolle, in Deutschland eine ihm zusagende Existenz zu finden. Darum wolle er ins Ausland gehen.

Recherchen auf dem Paßamt haben dann ergeben, daß Ihr Herr Sohn sich tatsächlich einen Paß für Nordamerika hat ausstellen lassen. Er ist von Hamburg aus nach New York abgereist, was wir durch einen unserer Angestellten feststellen ließen.

Wir wollen keine Minute länger zögern, Sie Ihrer Ungewißheit zu entreißen, und bitten Sie, uns umgehend mitzuteilen, ob wir von hier aus jemanden nach New York senden sollen oder ob Sie einer New Yorker Firma Auftrag zur weiteren Verfolgung dieser Angelegenheit geben wollen. Wir empfehlen Ihnen für diesen Zweck unsere dortige Schwesterfirma Pinkerton & Cie. Indem wir uns erlauben, Sie zu beglückwünschen, sehen wir Ihren Anweisungen entgegen und empfehlen uns Ihnen.

Hochachtungsvoll Lachs & Co.«

Die Señora sprang nun auf, von tiefer Unruhe getrieben.

»Mein Sohn lebt! Mein Sohn lebt! Vater im Himmel – ich danke dir! Erhalte ihn mir – beschütze ihn –, laß mich ihn wiederfinden«, stieß sie erregt, im inbrünstigen Gebet hervor.

Traude und Fred sahen sich ergriffen an. Aber sie sprachen nicht viel, weil sie fühlten, daß Worte den Gefühlen der Señora nicht gerecht werden konnten.

Endlich hielt sie inne mit ihrem Hin und Her und sank in ihren Sessel zurück. Unter Tränen lächelnd, sah sie zu den beiden jungen Menschen auf.

»Mein Sohn lebt! Das klingt wie Glockenläuten in meiner Seele. Und mir war, als müsse ich stehenden Fußes laufen, wandern – bis ich ihn wiedergefunden habe. Nun raten Sie mir, lieber Fred, was soll ich tun? Helfen Sie mir – wie soll ich ihn suchen? Soll ich Lachs & Co. weiterforschen lassen, oder ist es ratsamer, die New Yorker Firma zu beauftragen? Oder soll ich lieber gleich selbst nach New York reisen? Ich weiß in meiner Aufregung gar nicht, was ich beginnen soll.«

Fred sagte nun ohne Zögern: »Am schnellsten werden Sie Gewißheit erlangen, wenn wir an Pinkerton & Cie. nach New York telegrafieren. Das New Yorker Institut wird ohne große Schwierigkeiten feststellen können, ob Ihr Sohn in New York angelangt ist und wo er sich dann hingewandt hat.«

»Bitte, lieber Fred, tun Sie das sofort für mich. Ich kann momentan keinen klaren Gedanken fassen und möchte doch keine Zeit verlieren. Jede Minute erschwert mir vielleicht das Auffinden meines Sohnes.«

»Entschuldigen Sie mich, ich werde gleich ein Telegramm aufsetzen. Es muß ausführlich sein.«

»Telegrafieren Sie ganz ausführlich, lieber Fred, damit Pinkerton & Cie. genau Bescheid wissen.«

»In wenigen Minuten bin ich wieder hier und lege Ihnen das Telegramm vor.«

Traude umgab nun die Señora mit großer Fürsorge und wärmte ihre vor Erregung kalten Hände. In ihren goldbraunen Augen glänzte es feucht.

»Traude, Sie fühlen mit mir, ich weiß es. Sie können verstehen, wie mir zumute ist. Nicht wahr – nun muß ich meinen Sohn doch finden?«

»Ganz gewiß, Señora. Seien Sie guten Mutes. Die Zeit Ihrer Prüfung ist vorbei; nun wird auch für Sie die Sonne wieder scheinen.«

In ihrer freudigen Erregung umfaßte die alte Dame das junge Mädchen und barg das Gesicht an ihrer Schulter.

»Kind – können Sie begreifen, daß bei aller Freude auch eine geheime Angst in meiner Seele ist? Wenn ich meinen Sohn finde – wird es mir gelingen, seine Liebe zu erringen? Er ist in einer anderen Atmosphäre aufgewachsen, mir völlig fremd geworden. Er hat vergessen, daß irgendwo in der Welt seine Mutter lebt, sonst hätte er doch, als er erwachsen war, einmal nach mir gefragt. Man hat mich vielleicht in seinen Augen verunglimpft.«

»Aber, Señora, das wird man doch nicht getan haben, das wäre doch unmenschlich.«

»Unmenschlich war mein erster Mann nicht. Aber er war befangen von jenem engstirnigen Kastengeist, der nichts dulden will, was anders ist. Vielleicht – und das wäre noch das beste – hat man meinen Sohn in der Meinung aufgezogen, daß ich nicht mehr am Leben bin. Vielleicht hat man ihm gesagt, ich sei tot, damit er nicht immer wieder nach der Mutter fragen sollte. Ich will sogar zur Ehre meines ersten Mannes annehmen, daß er, um meinen Sohn vor Kämpfen und Zweifeln zu behüten, ihm sagte, ich sei nicht mehr am Leben. Aber wie wird es auf ihn wirken, wenn ich ihm gegenüberstehe? Sieht er mich fremd und kalt an, ist auch seine Seele im engstirnigen Kastengeist erstickt? Vielleicht finde ich nicht den Weg zu seinem Herzen. Vater im Himmel – das wirst du nicht wollen! So grausam kannst du doch nicht sein!«

Traude strich ihr tröstend über das Haar.

»Seien Sie doch getrost, liebe Señora. Ihr Blut fließt doch auch in den Adern Ihres Sohnes. Ihr Sohn müßte ein Herz aus Stein haben, wenn er Sie nicht wiederlieben würde, wie Sie ihn lieben.«

»Liebes Kind, trösten Sie mich, ich habe es so nötig. Verzagt bin ich, trotz aller Freude. Ich bin froh, daß ich meinem Sohn wenigstens an äußeren Gütern viel zu bieten habe. Vielleicht kann ich ihn aus einem sorgenvollen Leben erlösen. Ich will ihm freudig alles geben für ein wenig Liebe.«

Gleich darauf kam Fred zurück.

»So, Tante Elisa, ich glaube, so wird es klar und verständlich sein. Wollen Sie es lesen?«

»Bitte, lesen Sie es mir vor, lieber Fred. Meine Augen sind wund vom Weinen. Ich kann jetzt nicht lesen.«

»Señora Elisa Guarda, Montevideo, beauftragt Sie, umfassende Recherchen anzustellen nach dem im Sommer dieses Jahres von Hamburg nach New York gereisten ehemaligen deutschen Offizier namens Robert Richard *Heinz Rutland* ...«

Ehe Fred weiterlesen konnte, sprang Traude auf, streckte die Hände nach ihm aus und sah ihn mit großen Augen an.

»Welchen Namen nennen Sie da?«

Fred sah sie erstaunt an, auch die Señora blickte fragend.

»Robert Richard Heinz Rutland«, wiederholte Fred.

Traude preßte die Hände in großer Erregung an die Schläfen. »Das – das ist doch nicht möglich!« sagte sie heiser.

»Was ist mit Ihnen, Kind? Kennen Sie etwa diesen Namen?«

Traude sah sie mit großen Augen an.

»Wie könnte denn das nur sein? Aber – jetzt fällt mir auf – alles könnte stimmen.«

»So sprechen Sie doch, liebes Kind. Was ist denn? Kennen Sie vielleicht meinen Sohn – haben Sie seinen Namen schon gehört?«

»Robert Richard Heinz Rutland, der Sohn des Ministerialrats Albert Rutland? Ist das Ihr Sohn, Señora?«

»Ja, ja – mein erster Mann hieß Albert Rutland und war Beamter im Ministerium. Aber nun foltern Sie mich nicht länger – kennen Sie meinen Sohn?«

»Robert Richard Heinz Rutland ist niemand anders – als mein Bruder.«

Eine Weile herrschte Totenstille im Zimmer.

»Kind – mein liebes Kind –, gesegnet sei der Tag, der Sie in meine Nähe führte. Ich habe immer geglaubt, Ihr Bruder heißt Karsten wie Sie.«

»Nein, nein, er ist ja mein Stiefbruder.«

»Ist das wahr – Ihr Bruder heißt also Heinz Rutland?«

»Ja, Señora!«

»O mein Gott – ich kann es noch nicht fassen, nicht glauben. Also, Albert Rutland hieß Ihr Stiefvater?«

»Ja, Señora. Er heiratete meine Mutter zwei Jahre nach

dem Tod meines Vaters. Heinz und ich haben immer geglaubt, seine Mutter sei tot, so ist es uns jedenfalls gesagt worden. Es bedrückte meinen Bruder, daß es im ganzen Haus kein Bild von seiner Mutter gab und der Vater ihn immer kurz abfertigte, wenn Heinz eine Frage nach ihr stellte. Einmal fragte er: »War meine Mutter schön?« Da antwortete der Vater: »Ja – sie war schön –, eine blendende Erscheinung.«

Die Señora lauschte mit angehaltenem Atem, und Tränen liefen ihr über die Wangen. »Mein Sohn – mein Sohn! Erzählen Sie mir mehr, Traude!«

»Da fällt mir ein – jene Szene, da der Vater uns das Bild der Sängerin Elisa Gartner aus den Händen riß und die Zeitung ins Feuer warf. Es fiel uns auf, daß Vater so furchtbar fahl und bleich aussah und so unmotiviert heftig wurde, was er sonst nie tat. Jetzt sehe ich das in einem andern Licht. Er hatte auf dem Bild Heinz' Mutter erkannt und erschrak darüber, daß Heinz es bewunderte. Wie seltsam, daß Heinz sich dieses Bildes wegen die Zeitung noch einmal kaufte und das Bild jahrelang mit sich herumtrug. Sie erinnern sich doch, Señora, was ich Ihnen darüber aus meines Bruders Brief einmal vorlas?«

»Mein Sohn trug mein Bild bei sich und ahnte nicht, daß es das Bild seiner Mutter war!«

»Heinz hat stahlblaue Augen und dunkles Haar, Señora – stimmt auch das?« fragte Traude, noch immer halb ungläubig.

»Ja, ja – es stimmt –, es stimmt alles. Er ist am 24. April geboren. Stimmt das auch?«

»Ja, ja – es ist kein Zweifel. Liebe Señora, nun geben Sie alle Sorgen auf – Sie brauchen keine Angst zu haben, daß Ihr Sohn Ihnen fremd sein wird. Heinz ist ein warmherziger Mensch. Zuweilen war er zu temperamentvoll und impulsiv. Dann sagte der Vater tadelnd, er sei zu sehr nach seiner Mutter geraten, es sei ihm keine Korrektheit beizubringen.«

Nun hatte sich endlich auch Fred Stemberg von seinem Staunen erholt.

»Liebe Tante Elisa, etwas kann ich auch zur Charakterisierung Ihres nun endlich gefundenen Sohnes beitragen. Maud hat mir viel von ihm geschrieben – sonderbarerweise hat sie aber nie seinen Namen genannt. Maud ist des Lobes voll über seine Tüchtigkeit und nennt ihn den vornehmsten Gentleman New Yorks. Onkel Ernest hat seine Qualitäten auch gleich erkannt und ihn schnell befördert. Und nun will ich Ihnen gleich noch ein Geheimnis anvertrauen, das Sie sehr erfreuen wird. Maud liebt Ihren Sohn – und wird von ihm wiedergeliebt. Noch hat Onkel Ernest freilich nicht in eine Verbindung gewilligt, aber Rutland hat ihm imponiert. Und Mauds Beharrlichkeit wird zum Ziele führen. Dies alles muß Sie doch stolz und froh machen, Tante Elisa.«

»Mein Sohn!« flüsterte sie immer wieder in sehnsuchtsvoller Zärtlichkeit.

»Liebe, teure Señora, so beruhigen Sie sich doch.«

Die alte Dame nahm Traudes Kopf in ihre Hände.

»Mein liebes Kind, du sollst mir eine Tochter sein. Durch deine liebe Art hast du sicher viel dazu beigetragen, daß Heinz ein warmherziger Mensch geblieben ist. Dafür bin ich dir dankbar. Lieber Fred – auch Ihnen danke ich –, auch Sie haben mit dazu beigetragen, daß ich meinen Sohn wiedergefunden habe.«

»Ich muß Sie in Miß Karstens Gesellschaft zurücklassen. Leider treiben mich meine Geschäfte fort. Traude wird die Mutter ihres Bruders gut versorgen. Nicht wahr?«

»Sie können unbesorgt gehen, Mister Stemberg.«

»Heute abend sprechen wir weiter über diese Angelegenheit, Tante Elisa. Vorläufig kann ich doch nichts für Sie tun.«

Er verabschiedete sich und ging.

Als die Damen allein waren, sagte die Señora bittend: »Liebes Kind, ich muß mich ein paar Stunden niederlegen. So müde hat mich die Freude gemacht. Du sollst an meinem Bett sitzen und mir von meinem Sohn erzählen. Besitzt du nicht ein Bild von ihm?«

»Gewiß, Señora, eine ganze Anzahl Fotos habe ich von ihm – aus seiner Knabenzeit, aus den Schuljahren und seinen Offiziersjahren. Dann auch die letzte Aufnahme, die er sich im August für seinen Paß anfertigen ließ. Ich hole sie Ihnen herunter, sobald ich Sie zur Ruhe gebracht habe.«

»Wie froh macht mich das. Aber bitte, sag du zu mir! Mein Sohn wird zufrieden sein mit mir, wenn seine Schwester mich Mutter nennt. Und ich muß ja alles tun, um mir sein Herz zu erobern. Sag Traude – hat Heinz nicht an der linken Seite des Kinns eine kleine Narbe?«

»Ja, eine kleine Zickzacknarbe, er ist als einjähriges Kind auf eine Scherbe gefallen.«

»Er ist es – er ist es –, kein Zweifel ist mehr in mir«, schluchzte die Señora.

Traude geleitete sie in ihr Schlafzimmer und half ihr beim Entkleiden. Rosita kam herbei und wollte Traude wegdrängen, aber die Señora wies sie zurück.

»Laß mich allein mit Fräulein Karsten, Rosita. Ich bin müde.«

»So will ich dich zur Ruhe bringen, mein Seelchen«, begehrte Rosita.

»Geh, laß uns allein!« herrschte sie Rosita ein wenig ungeduldig an.

Diese ging mit einem haßerfüllten Blick auf Traude hinaus. Draußen vor der Tür blieb sie stehen und ballte zornig die Hände.

»Nun tue ich, was Señor Druzzia will. Die gelbe Hexe muß aus dem Haus – ich hasse sie, weil sie mir das Herz meiner Herrin stiehlt«, murmelte sie vor sich hin.

Traude hatte keine Ahnung, was Rosita, von Druzzia gedungen, gegen sie im Schilde führte. Sie bettete die Señora liebevoll und sagte dann:

»Jetzt hole ich dir die Bilder von Heinz, Mutter Elisa.«

»Ja, Traude – und bitte –, bring mir doch den Brief mit, in dem Heinz über mich geschrieben hatte.«

Traude nickte lächelnd.

»Ja, jetzt darfst du ihn lesen – jetzt, da du von Mister Stemberg weißt, daß Miß Maud und Heinz sich lieben.«

Traude holte die Bilder, und in einem kleinen Kinderbildchen erkannte Elisa ihren Sohn. Nun war sie restlos glücklich.

»Nie vergesse ich dir das, Traude, daß du mich so ruhig und friedlich gemacht hast in dieser Stunde. Ich kann so viel Liebe brauchen.«

»Daran soll es dir nun nie mehr fehlen, du Liebe.«

»Traude – so will ich dich von jetzt an immer nennen –, erzähle mir weiter von ihm.«

Das ganze Leben ihres Sohnes rollte Traude vor ihr auf, und sie hörte glücklich zu.

Am Mittag fühlte sich die Señora so gekräftigt, daß sie sich erheben konnte.

Traude hatte vorgeschlagen, sofort an ihren Bruder zu schreiben und ihm alles klarzulegen. Aber Elisa hatte den Kopf geschüttelt.

»Nein, nein, Traude, so nicht! Du mußt mir versprechen, Heinz kein Wort darüber zu sagen. Ich selbst will mich ihm zu erkennen geben.«

»So willst du nach New York reisen?«

»Ja, Traude.«

»Und wann?«

»Darüber will ich heute abend mit Fred sprechen. Ich möchte in seiner Begleitung reisen. Am liebsten führe ich gleich. Aber ich muß noch geschäftliche Vorbereitungen treffen.«

Fred kam heute etwas früher nach Hause. »Ich hielt es vor Unruhe nicht länger aus, Tante Elisa, ich mußte sehen, wie Ihnen und Traude die Aufregung bekommen ist«, sagte er, nachdem er die Damen begrüßt hatte.

Seine Augen sahen so strahlend und zärtlich in die Traudes, daß sie errötete.

Als sie dann bei Tisch saßen, sagte Fred: »Eigentlich sind wir doch nun miteinander verwandt, Traude.«

»Sehr weit entfernt.«

»Mir zu entfernt. Daß muß anders werden«, orakelte er.

»Lieber Fred, wann gedenken Sie von Montevideo abzureisen?«

»Wollen Sie mich los sein, Tante Elisa?«

»O nein – im Gegenteil –, ich möchte Sie nach New York begleiten.«

»Das gefällt mir! Wann wollen Sie reisen?«

»So bald wie möglich. Ich hoffe, in einer Woche reisefertig zu sein. Wie ist es mit Ihnen?«

»Ich werde mich beeilen, um zur gleichen Zeit bereit zu sein. Es muß noch mehr als bisher mit Volldampf gehen.«

»Aber nun eine Bitte, Fred – melden Sie nichts nach New York von meinen Beziehungen zu Heinz Rutland. Ich habe meine Gründe.«

»Aber bitte! Eigentlich bedauere ich, daß mir nur noch wenige Abende in Montevideo beschieden sind. Hier genoß ich Ihre und Traudes Gesellschaft allein – in New York muß ich sie mit vielen anderen teilen.«

»Und ich muß Ihnen morgen noch einen dieser Abende rauben. Sie wissen doch, daß wir morgen abend zu der großen Festlichkeit im Hause des Präsidenten eingeladen sind. Die dürfen wir nicht absagen.«

»Das dürfen wir nicht. Ich muß mich als Vertreter der Stemberg-Kompanie sehen lassen. Aber Traude muß allein zu Hause bleiben, da sie nicht eingeladen ist. Wie schade!«

»Ich werde mich nicht langweilen, Mister Stemberg.«

»Mister Stemberg? Das klingt schrecklich konventionell zwischen Verwandten. Lange lasse ich mir das nicht mehr gefallen. Wann sind die drei Monate um, Tante Elisa?«

»Es fehlen noch zwei Tage.«

Fred seufzte auf.

»Ich hätte nie geglaubt, daß drei Monate so lange dauern könnten.«

Und dabei sah er Traude zärtlich in die Augen.

»Sie haben mir schon einmal etwas von drei Monaten

gesagt, Mister Stemberg. Was hat es damit für eine Bewandtnis?«

»Das kann ich Ihnen erst in zwei Tagen verraten, Traude. Dann sage ich Ihnen auch, wie Sie mich nennen sollen.«

Es klang eine unterdrückte Erregung aus seinen Worten. Traude wurde unruhig. Sie war heute ohnedies aus dem Gleichgewicht gebracht. Es erschien ihr alles noch so unwirklich. Und daß Stemberg nun auf ihre Verwandtschaft anspielte, brachte sie noch mehr aus der Ruhe. Sein Verhalten war überhaupt seltsam. Zuweilen war er streng korrekt und dann wieder zärtlich, wenn er sie ansah.

Sie ahnte nicht, was ihn diese Zurückhaltung gekostet hatte und noch kostete. Aber sein Wort wollte er halten, wenn er sich auch sagte, daß er damit nicht nur sich, sondern auch Traude quälte. Sie sollte nun bald wissen, wie es um ihn stand. Und dann würden sie unter Tante Elisas Schutz als glückliches Brautpaar nach New York reisen. Er freute sich sehr darauf. Da hatte er Zeit, sich Traude zu widmen. Keine Geschäfte würden ihn dann abhalten.

»Wenn es nur erst soweit wäre!« Dieser Seufzer entfuhr ihm wider Willen.

»Was bedrückt Sie so schwer, daß Sie seufzen müssen?« fragte Traude.

»Es soll nicht mehr lange dauern, daß ich bedrückt einhergehe. Verlassen Sie sich darauf.«

Damit verabschiedete sich Fred und ging in seine Wohnung hinüber.

Traude begleitete die Señora in ihre Zimmer.

Rosita hatte schon alles für die Nacht zurechtgelegt.

Sie schlief jetzt nie mehr ein, aus Angst, daß ihre Herrin ohne ihre Hilfe zu Bett gehen könnte.

Aber die Señora schickte sie weg. Rosita wollte eigensinnig revoltieren.

»Ich will dich zur Ruhe bringen, mein Seelchen, niemand kann das so gut wie ich.«

»Rosita, du bist doch müde und sollst nicht mehr so lange abends aufbleiben, bis ich zu Bett gehe. Fräulein Karsten hilft mir schon.«

»Ich bin nicht müde, und du sollst dich nicht von der gelben Deutschen bedienen lassen.«

Jetzt richtete sich die Señora gebieterisch auf.

»Geh, Rosita – ich will es.«

Da ging die Alte jammernd, heftig auf Traude schimpfend, aus dem Zimmer.

Draußen blieb sie eine Weile mit geballten Fäusten stehen. »Ich tue es – sie muß fort!«

Dann schlich sie sich durch die Hintertür in den Garten. Scheu sah sie sich um, ehe sie im Schatten der Bäume und Gebüsche bis zum Bootssteg hinüberging.

Dort löste sich eine Gestalt aus dem Schatten.

»Ich bin es, Señor Druzzia.«

»Schweig – keinen Namen nennen. Hast du gehört, ob die Señorita morgen mit zum Fest des Präsidenten geht?«

»Sie geht nicht mit, sie bleibt zu Hause.«

»Gut! Und du wirst tun, was ich dir aufgetragen habe?«

»Ja – ich will es tun, doch ich bin bange, wie alles ausgeht.«

»Gut wird es ausgehen. Laß mich das scheue Täubchen nur erst haben, dann wird es schon kirre werden.

Sie sind ja alle gleich – erst kalt und widerspenstig, dann heiß und anschmiegsam. Oft hat man Not, sie wieder loszuwerden.«

»Ich will das nicht hören, Señor Druzzia, das ist Eure Sache – ich will sie nur aus dem Haus haben. Aber niemand darf wissen, daß ich Euch geholfen habe.«

»Kein Mensch erfährt es, mein Wort darauf. Wenn man dich fragt – du weißt von nichts.«

»Ich schweige schon. Meine Herrin liebt die gelbe Hexe. Und deshalb muß sie fort.«

»Ich hole sie mir, die schöne Goldhaarige. – Also, du tust, wie ich dir befohlen habe.«

»Habt Ihr das Pulver mitgebracht?«

»Hier ist es. Am besten, du reichst es ihr in einem Glas Wein. Und wenn es soweit ist, gibst du mir das verabredete Zeichen. Wenn du alles zu meiner Zufriedenheit erledigst, erhältst du die versprochene Belohnung.«

»Darum geht es mir nicht – ich will kein Geld. Sie soll nur aus dem Haus.«

»Unbezahlte Dienste mag ich nicht annehmen – du erhältst deinen Lohn. Gute Nacht.«

»Gute Nacht, Señor.«

Nach dieser in portugiesischer Sprache geführten Unterhaltung verschwand Druzzia, als sei er in den Erdboden versunken.

Rosita schlich ins Haus zurück und schloß sich in ihrer Kammer ein. Mit funkelnden Augen betrachtete sie das winzige weiße Päckchen, das ihr Druzzia gegeben hatte.

»Es ist nichts Böses, was ich tue. Sie macht ihr Glück – und ich bin sie los.«

XVI

Am nächsten Abend half Traude der Señora beim Anlegen der Festkleidung. Rosita durfte auch dabeisein und begnügte sich damit, ohne Zänkereien zuzusehen.

»Du sollst ganz besonders gut aussehen heute abend. Ich glaube nicht, daß es noch einmal eine so schöne Frau in deinem Alter gibt«, sagte sie bewundernd, als die Señora fertig war. Diese sah sie im Spiegel mit einem Lächeln an.

»Schmeichlerin, es tut mir leid, daß ich dich nicht mit auf das Fest nehmen kann. Du würdest mit deiner blonden Schönheit alle überstrahlen. Mir selbst liegt schon lange nichts mehr daran, ob ich schön oder häßlich bin – nur eins erscheint mir jetzt noch wichtig: daß ich meinem Sohn gefalle.«

»Du wirst ihm bewundernswert erscheinen, wie allen Menschen.«

Dies Gespräch führten die beiden in englischer Sprache, Rositas wegen. Diese war sonst zornig, wenn sie nichts verstehen konnte. Heute schwieg sie.

Die Señora sah wirklich blendend aus. Als sie so nach wenigen Minuten vor Fred stand, sagte er bewundernd:

»Ich werde die schönste Lady auf das Fest führen.«

Auch er war eine sehr imponierende Erscheinung, und Traudes Blicke verrieten mehr, als sie ahnte, wie sehr er ihr gefiel.

Er blickte Traude strahlend an.

»Wenn sie uns begleitete, dann würde ich von allen Herren beneidet werden. So etwas gibt es in Montevideo nicht noch einmal«, sagte er.

Traude errötete, aber sie erwiderte nichts. Die Señora

umarmte und küßte sie.

»Gute Nacht, liebes Kind, wir sehen uns erst morgen früh wieder.«

»Nein, nein – ich erwarte dich, damit ich dir helfen kann.«

»Du sollst auf keinen Fall so lange aufbleiben.«

»Wenn du erlaubst, lege ich mich in dein Boudoir aufs Sofa und schlafe, bis du kommst. Du mußt mich dann nur wecken.«

»Nun gut – also auf Wiedersehen, Traude.«

»Gute Nacht!« sagte Fred, Traude die Hand reichend.

Vom Fenster aus sah sie den Wagen davonfahren. Als sie sich umwandte, stand Rosita hinter ihr. Sie zeigte heute ein heuchlerisch-freundliches Gesicht.

»Wollen Sie nun speisen, Fräulein Karsten? Ich werde Sie heute bedienen. Ranzio hat einige Diener beurlaubt und ist selbst ebenfalls ausgegangen, und die Mädchen sitzen unten und schwatzen. Wir wollen sie nicht stören.«

Traude war zu froh, daß Rosita friedlich gesinnt war, als daß sie ihr Anerbieten hätte zurückweisen mögen. Sie sagte freundlich:

»Ich habe nicht viel Hunger. Aber wenn Sie mir etwas Brot und kaltes Fleisch bringen wollen, wäre das sehr freundlich von Ihnen.«

»Und ein Glas Wein, Fräulein Karsten?« drängte die Alte.

Traude war überrascht von ihrer Zuvorkommenheit.

»Nun gut, Rosita, meinetwegen auch ein Glas Wein. Bitte, bringen Sie es mir in das Boudoir der Señora, ich will mich dort aufs Sofa legen und so lange lesen, bis ich müde bin.«

Rosita nickte und ging hinaus. Ihre funkelnden Augen sah Traude nicht.

Nach wenigen Minuten erschien sie wieder, trug ein Tablett mit einem appetitlich angerichteten kalten Imbiß und ein Glas Wein. Sie mußte das Tablett in ihren zittrigen Händen ängstlich balancieren, damit sie den Wein nicht verschüttete.

Traude sprang auf und nahm ihr das Tablett ab.

»Ich hätte Sie doch nicht bemühen sollen, Rosita. Wenn Sie den Wein erst hier ins Glas gefüllt hätten, wäre es leichter zu tragen gewesen.«

Sie nickte Rosita dankend zu und sagte anerkennend: »Das sieht lecker aus. Sie haben mir ja lauter Delikatessen gebracht.«

»So gut könnten Sie alle Tage speisen und in Glanz und Fülle leben – wenn Sie Señor Druzzia erhören wollten«, sagte Rosita, mit einem unruhigen Blick auf das Weinglas.

»Davon sollten Sie nicht reden, Rosita. Weshalb wollen Sie mich unbedingt aus dem Haus haben? Ich tue Ihnen doch nichts zuleide.«

»Ich will ja nur Ihr Glück«, stieß Rosita hervor.

Traude hatte einige Bissen gegessen, und die Alte sah nun mit gespannt erwartungsvollem Blick, daß sie auch einen Schluck Wein nahm.

Hätte Traude dabei ihr Gesicht gesehen, wäre sie vielleicht gewarnt worden. Aber ahnungslos nahm sie noch einen zweiten Schluck.

»Sie können doch nicht wissen, Rosita, was für mich Glück bedeutet.«

»Das mag wohl sein. Wenn Sie fertig sind, klingeln Sie, damit ich das Geschirr hinaustrage. Die Herrin liebt es nicht, wenn Geschirr in ihrem Zimmer herumsteht.«

»Ich weiß, Rosita. Wenn Sie noch eine Minute warten, bin ich fertig. Aber setzen Sie sich doch, Rosita.«

Die Alte nahm auf einem Sessel Platz und sah zu, wie Traude aß.

Sie war bald fertig. »So, Rosita – wenn Sie nun das Geschirr mit hinausnehmen wollen.«

»Aber den Wein müssen Sie noch austrinken.«

»Sie sind ja heute so gut zu mir. Also geben Sie her, ich will das Glas leeren. Auf Ihre Gesundheit, Rosita.«

Traude sah dabei die alte Dienerin mit so viel herzlicher Güte an, daß diese unruhig wurde und mit der Hand eine zuckende Bewegung machte, als wolle sie Traude doch noch hindern, das Glas zu leeren.

Aber da war es schon zu spät – Traude hatte ausgetrunken und stellte das leere Glas zurück.

»Haben Sie sonst noch Wünsche, Fräulein Karsten?«

»Nein, danke. Sie können nun gehen. Ich werde wohl bald einschlafen – ich bin plötzlich so müde. Gute Nacht, Rosita.«

Diese verschwand mit dem Tablett. Sie nahm das leere Glas, wusch es im Badezimmer unter der Wasserleitung gründlich aus, stellte es wieder aufs Tablett und trug dies in die Küche. Nachdem sie eine Weile dem Geschwätz der Dienstboten gelauscht hatte, schlich sie hinaus auf die Terrasse, tastete sich an der Hauswand entlang bis an das Fenster des Boudoirs.

Hier blieb sie stehen und sah, daß Traude auf dem Sofa lag und sich anscheinend gegen eine große Schläfrigkeit wehrte. Sie versuchte einige Male zu lesen, aber dann entfiel ihr das Buch. Ihr Kopf sank zurück. Sie schlief.

Rositas Gesicht bekam einen triumphierenden Ausdruck.

»So, mein Täubchen – nun wirst du klein beigeben müssen«, murmelte sie vor sich hin. Dann ging sie leise in das Boudoir zurück. Ein Blick auf Traude überzeugte sie, daß diese fest schlief.

Nun zog Rosita die Gardine vom Fenster zurück, öffnete das Fenster weit, zündete eine Kerze an und hielt sie eine Weile in das geöffnete Fenster.

Das war das verabredete Zeichen für den wartenden Druzzia, daß das Schlafpulver gewirkt hatte und wo er die blonde Señorita finden würde. Es erleichterte Druzzias Entführungsplan, daß Traude sich in einem Zimmer im Erdgeschoß befand, in das er von der Terrasse aus leicht gelangen konnte.

Rosita verließ nun das Boudoir – um ihre Hände in Unschuld zu waschen.

Gleich darauf erschien Druzzia auf der Terrasse. Er trug einen eleganten Gesellschaftsanzug. Auf dem Kopf allerdings einen unpassenden Hut, den er sich tief ins Gesicht gezogen hatte.

Er sah Traude schlafend daliegen. Da wandte er sich um.

»Baptiste!« flüsterte er.

Leise kam ein zweiter Mann. Das war Druzzias Chauffeur und Helfershelfer bei zahlreichen Liebesabenteuern. Er stand seinem Herrn nicht an Gewissenlosigkeit nach.

Druzzia stieg behende über das Fensterbrett ins Zimmer, hob die schlafende oder vielmehr betäubte Traude auf und reichte sie Baptiste hinaus.

Dieser hüllte sie in ein großes dunkles Tuch und trug

sie auf seinen starken Armen über die Terrasse. Druzzia folgte ihm auf dem Fuß. Sie schritten, ohne ein Wort zu wechseln, zu einer Seitenpforte im Gartenzaun. Dort wartete Rosita auf die beiden Männer, vor dem Zaun hielt das Auto.

Druzzia drückte Rosita eine Geldtasche in die Hand – ihre Belohnung.

Die Alte nahm sie nur widerwillig, aber schließlich steckte sie das Geld doch zu sich.

Der Chauffeur hatte Traude in die Wagenpolster gebettet und legte noch eine Decke über sie. Druzzia überzeugte sich, daß sie gut untergebracht war. Dann schloß er den Schlag, nahm den Schlapphut vom Kopf, dann flüsterte er Baptiste zu:

»Also, du fährst die Señorita sofort hinaus nach Calaza und übergibst sie Manuela. Sag ihr noch einmal, daß sie die Tür gut verschlossen hält. Ihr haftet mir dafür, daß sie nicht entkommt. Ich würde am liebsten gleich mitfahren, muß mich aber heute abend unbedingt auf dem Fest des Präsidenten zeigen. Sie wird ohnedies bis morgen früh schlafen. Wenn du die Señorita in Calaza abgeliefert hast, kommst du zurück nach Montevideo und wartest vor dem Haus des Präsidenten auf mich. Verstanden? Es wird sich für euch lohnen, das wißt ihr. Nun fahr an!«

Rosita hatte gewartet, bis der Wagen in die eine und Druzzia in die andere Richtung verschwunden war. Nun schlich sie ins Haus zurück und verwahrte den Schlüssel an einer bestimmten Stelle.

Danach huschte sie in ihrer flinken Art ins Boudoir und sah sich um. Das Buch ließ sie liegen, wie es Traude entfallen war, auch das Fenster ließ sie offenstehen. Daß die blonde Hexe den Weg durchs Fenster genommen hatte, sollte man sehen, wenn die Señora heimkehrte. Im übrigen ging sie das alles nun nichts mehr an – die blonde Hexe war fort, und alles Weitere war Druzzias Sache. Er hatte ihr auseinandergesetzt, daß die Señorita, wenn sie erst einmal draußen auf seinem Landgut Calaza sei, nicht entwischen könne und nicht wolle. In das Haus der Señora könne sie nicht zurückkehren, denn diese stolze Frau würde mit einem leichtfertigen Liebchen nichts zu tun haben wollen. So werde die Señorita froh sein, wenn sie bei ihm bleiben könne.

Der schlaue Druzzia hatte nur zwei Dinge nicht in Betracht ziehen können – daß Traude der Señora lieb geworden war wie eine Tochter und Stemberg sie liebte.

Rosita verließ nun das Boudoir der Señora und begab sich ins Untergeschoß, wo die Dienstboten noch schwatzend zusammensaßen. Die Köchin hatte aus der Speisekammer eine Süßspeise gestiftet, woran sie sich gütlich taten.

Als Rosita eintrat, wurden die Mädchen verlegen. Die alte Kammerfrau war gefürchtet, weil sie der Señora alles zutrug, was sich im Hause abspielte. Aber heute schien sie die Schüssel mit der Süßspeise nicht zu bemerken. Sie setzte sich in eine Ecke und plauderte eine Weile. Als die anderen schlafen gingen, suchte auch sie ihre Kammer auf. Sie konnte nun behaupten, daß sie mit den anderen zusammengesessen habe, bis sie zu Bett gegangen war und nichts gehört und gesehen hatte, was mit dem Verschwinden Fräulein Karstens zusammenhing.

Als sie in ihrer Kammer allein war, warf sie die Geldtasche, die ihr der Señor zugesteckt hatte, ohne sie anzusehen, in ein Schubfach ihrer Kommode. Das Geld machte ihr mehr Unbehagen als Freude. Und sie fühlte noch nicht die ganz große Befriedigung darüber, daß Fräulein Karsten aus dem Hause war. Obwohl sie sich vormachte, sie sei froh, daß die gelbe Hexe fort war, lag ihr etwas schwer auf dem Herzen.

XVII

Druzzia hatte sich, als der Wagen mit Traude davongefahren war, eiligst zum Hause des Präsidenten begeben und betrat möglichst unauffällig die Gesellschaftsräume. Die ganze bessere Gesellschaft von Montevideo war geladen.

Druzzia suchte nach Señora Guarda und ihrem Neffen. Er hatte sie bald entdeckt und lief ihnen so in den Weg, daß sie ihn begrüßen mußten.

»Ich glaubte, Sie wären gar nicht hier, Señor Druzzia«, sagte die Señora, nur um etwas Belangloses zu sagen.

»Verehrte Señora, Menschen wie ich gehen unter im Getriebe einer so illustren Gesellschaft. Dafür glänzt Ihr Stern um so heller. Ich sah Sie bereits mit Stemberg, wollte nur nicht stören«, erwiderte er. »Und wo ist die blonde Señorita? Ich möchte ihr auch meine Verehrung zu Füßen legen«, fragte er.

»Fräulein Karsten ist nicht hier.«

»Leider hatte ich das Unglück, in der letzten Zeit bei meinen Besuchen in Ihrem Hause weder Sie noch die Señorita anzutreffen«, sagte Druzzia in seiner schmeichlerischen Art.

Stemberg war von einem Herrn angesprochen worden

und stand einige Schritte entfernt im Gespräch mit ihm. So benutzte die Señora die Gelegenheit, um Druzzia einen Tadel zu erteilen.

»Señor Druzzia, ich muß Ihnen sagen, daß es mich sehr unangenehm berührt hat, daß Sie mein Haus in der Absicht aufsuchten, seinen Frieden zu stören.«

»Meine verehrungswürdige Señora, ich bin der friedfertigste Mensch unter der Sonne. Ist es eine Sünde, wenn man sein Herz verliert an eine so schöne junge Señorita?«

»Señor, wenn man merkt, daß diese Gefühle nicht erwidert werden, muß man sich zurückhalten.«

»Verzeihung, verehrte Señora. Wer sagt Ihnen, daß meine Gefühle nicht erwidert werden? Jedes Mädchen sträubt sich erst ein wenig. Schließlich gewinnt man es doch, wenn man nicht müde wird, ihr Aufmerksamkeiten zu erweisen.«

»Das dürfte in diesem Fall zwecklos sein.«

Sein feistes genußsüchtiges Gesicht bekam einen Ausdruck der Begehrlichkeit.

»Ich kenne die Frauen. Eines Tages – ich wette mit Ihnen, wird mir das Herz der blonden Señorita gehören. Sie wird dann von selbst zu mir kommen. Ich will Ihnen freiwillig versprechen, nicht mehr in Ihr Haus zu kommen, bis die deutsche Señorita den Weg zu mir gefunden hat.«

»Gut, Señor Druzzia – Versprechen gegen Versprechen. Sie meiden mein Haus, solange Fräulein Karsten nicht freiwillig zu Ihnen kommt.«

Er verneigte sich mit einem seltsamen Lächeln.

»Es freut mich sehr, daß wir uns geeinigt haben, Señora. Es liegt mir viel daran, mit Ihnen in Frieden zu leben.«

In diesem Augenblick kam Fred herbei. Er sah Elisa noch im Gespräch mit dem widerwärtigen Portugiesen und wollte sie erlösen.

»Tante Elisa, mein Geschäftsfreund und seine Frau erwarten uns im Nebenzimmer, wo wir zusammen speisen wollen. Der Beginn des Soupers wird soeben angekündigt.«

Damit bot er der Señora den Arm und führte sie, Druzzia mit einer steifen Verbeugung grüßend, davon.

Druzzia sah ihnen mit einem unbeschreiblichen Blick nach.

Nun habe ich ein Alibi. Sollen sie erst beweisen, daß die blonde Señorita nicht freiwillig zu mir kam. Sie werden es glauben müssen, dachte er.

Fred hatte seine Tante in das Nebenzimmer geführt.

»Ich sah Ihnen an, daß ich Ihnen einen Gefallen tun würde, wenn ich Sie aus der Nähe dieses widerwärtigen Menschen entferne.«

»Ich danke Ihnen. Er ist mir höchst unsympathisch. Ich habe seit meiner Rückkehr viel Unangenehmes mit diesem Menschen erlebt.«

»Hat er Ihnen Ärger bereitet? Soll ich mit ihm boxen?« fragte Fred kampfeslustig.

»Das wird nicht nötig sein; er hat mir soeben gesagt, daß er mich in den nächsten Wochen nicht in meinem Hause aufsuchen wird – also sicher nicht vor unserer Abreise.«

»Das werden Sie hoffentlich ertragen«, scherzte Fred. Dann fragte er: »Haben Sie noch nicht in Erfahrung bringen können, weshalb er an jenem Abend um Ihr Haus geschlichen ist?«

Sie zögerte einen Augenblick. »Ja, ich habe es in

Erfahrung gebracht. Aber lassen wir das lieber. Ich möchte es vergessen.«

Fred sah sie forschend an. Er merkte, daß sie ihm etwas verschwieg, was ihr unangenehm gewesen war.

Im Verlauf des Abends wußte es Druzzia immer wieder einzurichten, daß er von der Señora und Stemberg gesehen wurde. Fred sagte schließlich:

»Dieser unangenehme Zeitgenosse scheint es sich zur Aufgabe gemacht zu haben, uns immer wieder die gute Laune zu verderben.«

»Er ist mir heute wirklich zu unwichtig, um mich über ihn zu ärgern. Mein Kopf ist voll von anderen Dingen.«

»Sie denken an Ihren Sohn, Tante Elisa.«

»Ja, Fred, unablässig. Und ich würde viel lieber mit Ihnen und Traude zu Hause sitzen und von ihm sprechen, als hier mit langweiligen Menschen langweilige Gemeinplätze zu tauschen.«

»Tante Elisa, ich würde auch viel lieber in Traudes Gesellschaft sein.«

»Also sitzt sie noch immer fest in Ihrem Herzen?«

»Fester denn je.«

»Zuweilen glaubte ich, das sei überwunden, weil Sie Traude gegenüber so zurückhaltend waren.«

»Ich mußte es, um nicht wortbrüchig zu werden.«

»Als ich Ihnen das Ehrenwort abnahm, meinte ich es gut.«

»Ich selbst wollte es nicht anders haben. Verlieben kann man sich in einer Minute. Aber Heiraten will überlegt sein. Eine Ehe ist etwas sehr Ernstes. Ich selbst wollte diese Probezeit, um festzustellen, ob Traude nicht aus meinem Herzen zu verdrängen sei. Sie ist es nicht, ich habe sie von Tag zu Tag lieber gewonnen. Ist sie nicht ein reizendes Mädchen?«

»Das ist sie wirklich, lieber Fred. Und ich bin jetzt völlig einverstanden mit Ihrer Wahl. Wenn ich mir das alles ausmale – Sie und Traude, mein Sohn und Maud, und ich eure glückliche Mutter –, dann kommen mir Tränen der Freude in die Augen nach so vielen bitteren.«

»Nicht weinen, Tante Elisa – lachen Sie. Onkel Ernest wird übrigens auch sehr zufrieden sein mit Mauds Wahl, wenn er erfährt, daß Heinz Rutland Ihr Sohn ist.«

»Ich bin so stolz darauf, daß ihm mein Sohn imponierte, auch als er nur ein einfacher Testfahrer war. Und Maud will ich doppelt lieben, weil sie ihn liebt. Wenn ich nur erst meinen Sohn wiedergesehen und ihm gesagt habe, was er mir bedeutet. Ich zähle die Stunden, Fred. Wird diesem Wiedersehen ein Wiederfinden folgen?«

»Ohne Zweifel, Tante Elisa, nach allem, was wir von Heinz Rutland wissen.«

»Wenn ich Traude und Sie nicht hätte!«

»Habe ich auch etwas für Sie tun können?«

»Mehr als Sie denken, Fred. Ihre Frische war mir stets ein Labsal. Jetzt müssen wir aber unser behagliches Eckchen verlassen, Fred, ich sehe, daß der Präsident einen Rundgang macht. Wir wollen uns ihm auch noch einmal zeigen. Ich denke, dann können wir langsam aufbrechen.«

Eine halbe Stunde später brachen sie auf. Als Fred der Señora ihren Mantel in der Garderobe um die Schultern legte, stand Druzzia neben ihnen.

»Wollen Sie das Fest schon verlassen, Señora?«

Die Señora bejahte und verabschiedete sich durch eine formelle Verbeugung. Druzzia stieg neben ihr die breite Treppe hinab und rief laut nach seinem Chauffeur. Dann plauderte er noch mit einigen Herren, die er vernehmlich, um von der Señora gehört zu werden, aufforderte, mit ihm in seine Stadtwohnung zu fahren, um dort gemütlich eine Flasche Wein zu trinken.

Ehe er sich von der Señora verabschiedete, bat er um eine Empfehlung an die blonde Señorita.

Fred fragte nun, dem Wagen des Señors wütend nachsehend:

»Was hat dieser Mensch an Traude eine Empfehlung zu bestellen?«

Die Señora dachte: Wie gut, daß er nicht weiß, was Druzzia sonst noch gewagt hat. Das würde nicht gut ausgehen.

Ranzio, der Hausmeister, empfing seine Herrin und ihren Gast im Vestibül.

»Bitte bestellen Sie einen herzlichen Gruß an Traude, Tante Elisa«, bat Fred noch.

»Das will ich gern tun. Sie erwartet mich in meinem Boudoir. Gute Nacht, lieber Fred.«

Fred begab sich hinüber in den Anbau, den er bewohnte, und die Señora betrat ihre Zimmer, sicher, daß sie Traude hier schlafend auf dem Sofa finden würde.

Erstaunt sah sie, daß das Zimmer leer war und das Fenster offenstand. Das war sonst zur Nachtzeit nicht üblich. Betroffen sah sie sich um.

»Traude!« rief sie in die angrenzenden Zimmer hinein.

Es kam keine Antwort – nichts regte sich. Die Señora sah nun auf dem Teppich vor dem Sofa das Buch liegen, das Traude entfallen war. Sie hob es auf und legte es auf den Tisch.

Ob Traude doch in ihre Zimmer gegangen war, weil es so spät geworden war? Aber das sah ihr so gar nicht ähnlich. Irgend etwas beunruhigte die Señora. Und als Ranzio mit dem Trinkwasser eintrat, fragte sie ihn:

»Wann sind Sie nach Hause gekommen, Ranzio?«

»Vor einer Viertelstunde etwa, Señora.«

»Haben Sie Fräulein Karsten vielleicht noch gesehen?«

»Nein, ich sah niemand, nur die beiden Diener, die auch noch nicht lange heimgekehrt waren.«

»Bitte, schließen Sie das Fenster, Ranzio, ich begreife nicht, daß es offensteht.«

Als Ranzio das Fenster schließen wollte, stieß er auf ein Hindernis. Er sah nach und fand einen zierlichen Damenschuh.

Erstaunt hielt er ihn in der Hand.

»Ein Schuh, Señora? Er klemmte zwischen dem Fenster.«

Señora Elisa sah verwundert auf den Schuh – es war ein zierlicher Halbschuh –, und er gehörte Traude. Sie schüttelte den Kopf. »Das ist Fräulein Karstens Schuh. Ich weiß mit Sicherheit, daß sie ihn trug, als ich am Abend das Haus verließ. Wie kommt dieser eine Schuh auf das Fensterbrett?«

Und sie beugte sich zum Fenster hinaus und sah auf der Terrasse, die vom Mondlicht taghell erleuchtet war, dicht an der Treppe, die zum Garten führte, etwas Weißes liegen. »Was liegt dort, Ranzio – sehen Sie nach.«

Dieser sprang zum Fenster hinaus und hob den weißen Gegenstand auf. Er brachte ihn seiner Herrin.

»Ein Taschentuch, Señora.«

Es war Traudes Taschentuch, die Señora erkannte es sofort. Sie wußte nicht, weshalb ihr plötzlich so beklommen zumute wurde. Es war nicht anzunehmen, daß Traude noch am Abend in den Garten gegangen war und dabei das Tuch verloren hatte.

Und der Schuh? Mit *einem* Schuh war sie doch auch nicht davongelaufen.

»Ranzio – gehen Sie bitte sofort hinauf und klopfen Sie an Fräulein Karstens Schlafzimmer –, klopfen Sie laut, bis Sie Antwort bekommen. Und wecken Sie auch Rosita – sie soll kommen und mir helfen, da Fräulein Karsten anscheinend zur Ruhe gegangen ist.«

Ranzio eilte davon. Die Señora ging, Traudes Schuh und Taschentuch in den Händen haltend, unruhig auf und ab.

Nach einer Weile kam Ranzio wieder. »Fräulein Karsten ist nicht in ihren Zimmern, Señora. Ihr Bett ist unberührt.«

»Schnell, Ranzio – machen Sie Licht im ganzen Haus. Rufen Sie laut Fräulein Karstens Namen – und vorher rufen Sie Mister Stemberg hierher.«

In wenigen Minuten war das ganze Haus alarmiert, und Fred kam eiligst herbei, nachdem er sich einen Rock übergeworfen hatte.

Die Señora berichtete ihm, was sie in Unruhe versetzte. Und inzwischen kam auch Rosita. Obwohl sie noch keinen Schlaf gefunden hatte, stellte sie sich schlaftrunken.

Die Señora trat rasch auf sie zu.

»Wo ist Fräulein Karsten, Rosita?« fragte sie, als könne nur ihre alte Kammerfrau Antwort geben.

»Wie soll ich das wissen, mein Seelchen – vermutlich in ihrem Zimmer.«

»Wann hast du sie zuletzt gesehen?«

Rosita gab sich den Anschein, als denke sie nach. »Es war, als du fortgegangen bist, mein Seelchen. Ich habe ihr noch einen Imbiß hier in dieses Zimmer gebracht, und dann holte ich noch das leere Geschirr. Sie sagte, ich könne zu Bett gehen, da sie dich hier erwarten wolle. Mehr weiß ich nicht.«

Die Señora und Fred sahen sich in die blassen Gesichter. Und endlich fragte die Señora weiter:

»War dieses Fenster offen, als du Fräulein Karsten hier allein zurückgelassen hast?«

Fred sowohl als auch Señora Elisa bemerkten ein verlegenes unsicheres Zucken in Rositas Gesicht. Das war eine Frage, auf die sie nicht vorbereitet war. Sie warf einen scheuen Blick auf das Fenster.

»Ich – ich weiß es nicht.«

Jetzt griff Fred ein und hielt Rosita den Schuh vor die Augen.

»Hatte Miß Karsten diese Schuhe an, als Sie dieses Zimmer verließen?«

Wieder bemerkte er Rositas Unsicherheit.

»Es könnte sein.«

Die Señora sah Rosita jetzt mit einem scharfen forschenden Blick an. Allmählich stieg ein Verdacht in ihr auf. Daß Rosita Traude haßte, wußte sie. Und plötzlich fiel ihr Druzzia ein. Er war zwar auf dem Fest gewesen – aber, sie hatte ihn erst gesehen, als sie schon über eine Stunde dort war. Und da hatte er so besonders betont, daß er schon im Haus des Präsidenten gewesen sei, als sie mit Fred eintraf. Nachher war er ihr unzählige Male über den Weg gelaufen. Plötzlich befiel sie Angst. Sie sagte hastig zu Fred. »Fred, durchsuchen Sie mit den Dienern noch einmal Haus und Garten. Lassen Sie mich mit Rosita allein – ich möchte mir erst ein anderes Kleid anziehen. Erwarten Sie mich dann im Nebenzimmer.«

Fred eilte davon. Als die Señora mit Rosita allein war, schloß sie die Tür. Sie dachte nicht daran, sich umzuziehen, sondern trat plötzlich dicht an Rosita heran. Sie scharf und streng ansehend, sagte sie befehlend: »Jetzt beichte, Rosita – was ist in meiner Abwesenheit mit Fräulein Karsten geschehen?«

Die alte Dienerin täuschte höchstes Erstaunen vor. Aber die Señora kannte sie genau und wußte, daß sie ihr eine Komödie vorspielte.

»Was soll ich beichten, mein Täubchen? Ich habe dir doch gesagt, daß ich nichts weiß. Vielleicht ist sie zu ihrem Liebhaber gelaufen und denkt nicht, daß du schon wieder daheim bist.«

Die Señora faßte sie am Arm und schüttelte sie. »Was schwatzt du da? Wie kannst du wagen, solch eine Verdächtigung auszusprechen? Mit einem Schuh läuft man nicht davon. Und zu welchem Liebhaber soll sie gelaufen sein? Wie kannst du überhaupt von einem Liebhaber sprechen?«

»Nun – Señor Druzzia war doch ihr Liebhaber. Er hat mir gesagt: Bald kommt sie selbst zu mir, die blonde Señorita. Sie ziert sich nur ein wenig. Warum soll sie also nicht zu ihm gelaufen sein?«

Es glitzerte unheimlich in Rositas Augen. Die Señora starrte die alte Dienerin an.

»Höre mich an, Rosita! Ich verbanne dich sofort für immer und entlasse dich aus meinen Diensten, wenn du mir jetzt nicht auf der Stelle die Wahrheit sagst. Du lügst – es steht dir auf der Stirn geschrieben. Also schnell die Wahrheit – sonst verläßt du morgen für immer mein Haus – ich schwöre es dir.«

»Mein Seelchen, mein Augentrost – du willst mich verstoßen wegen der gelben Hexe, die auch dich verzauberte, wie sie Señor Druzzia verzaubert hat.«

»Es ist mein Ernst, ich schwöre es dir! Sagst du mir nicht sofort, was mit Fräulein Karsten geschehen ist, rufe ich die Polizei, die dich dann verhören wird. Ich weiß, was du getan hast, denn ich habe etwas gefunden, was dich verrät. Du weißt, wer dieses Fenster geöffnet hat, weißt, wie die Señorita aus dem Haus gekommen ist. Also sprich sofort – sonst liefere ich dich den Gerichten aus!«

Da war es vorbei mit Rositas Standhaftigkeit. Sie glaubte wirklich, daß die Señora etwas gefunden hatte, was gegen sie zeugte. Die Angst öffnete ihr den Mund.

»Es ist ihr nichts Schlimmes geschehen, du kannst ganz ruhig sein. Señor Druzzia kann nicht leben ohne sie. Er hat es mir selbst gesagt. Ich wollte ihr helfen, dem dummen Ding, das einen Freier wie Señor Druzzia ausschlägt. Er hat gesagt, ich soll ihr ein Schlafpulver, das er mir gab, in den Wein schütten, wenn die Señora zum Fest des Präsidenten geht. Es geschieht ihr nichts, hat er gesagt.«

»Weiter – weiter –, erzähle mir alles.«

Rosita beichtete nun alles, was sie wußte.

»Du brauchst nicht beunruhigt um sie zu sein, es wird ihr gutgehen. Der Señor wird sie mit Geschenken überhäufen und um ihre Liebe betteln. Er hat sie heute abend nach Calaza fahren lassen in seinem Auto. Sie wird schlafen bis morgen früh. Du siehst, es ist nichts Schlimmes. Und ich werde dich viel besser pflegen als sie, und du wirst wieder mit mir zufrieden sein.«

Rosita war während dieser Beichte vor der Señora in die Knie gesunken und wollte ihre Hand küssen. Aber die Señora stieß sie empört von sich.

»Du bist ein Ungeheuer, Rosita! Was hast du der Ärmsten angetan? Geh aus meinen Augen, geh! – Ich kann dich nicht mehr ertragen! Und bete, daß ihr nichts zugestoßen ist – sonst bringt dich Mister Stemberg um. Pfui über dich! Was hat dir die Ärmste getan? Dein blinder Haß hat sie ins Unglück getrieben. Geh mir aus den Augen!« Sie eilte ins Nebenzimmer.

Gleichzeitig betrat es Fred von der anderen Seite.

»Sie ist nirgends zu finden – ich bin außer mir vor Angst und Sorge«, stieß er heiser vor Erregung hervor.

»Ich weiß alles, Fred – Rosita hat gebeichtet. Ich muß Ihnen nun gestehen, was wir, Traude und ich, bisher vor Ihnen verschwiegen haben, aus Angst und Rücksicht.«

Und sie erzählte in fliegenden Worten von Druzzias Nachstellungen und Traudes Grauen davor. Und schließlich, was Rosita gebeichtet hatte.

Fred sah sie mit starren Augen an und knirschte mit den Zähnen.

»Ich schlage den Schurken tot wie einen tollwütigen Hund, wenn er ihr nur ein Haar gekrümmt hat.«

»Wir können nach Rositas Bericht wohl annehmen, daß ihr vorläufig nichts weiter geschehen ist, als daß sie durch ein Schlafpulver betäubt wurde. Sie wird jetzt noch schlafen und nicht ahnen, wo sie sich befindet. Daß Druzzia sich tatsächlich sofort von ihr getrennt hat, beweist seine Anwesenheit auf dem Fest. Und jetzt ist er, wie wir wissen, mit mehreren Herren in seine Stadtwohnung gefahren.«

»Wo wohnt der Schurke? Ich gehe sofort zu ihm und verlange Traudes Herausgabe«, sagte er hastig.

»Nein – Fred –, das wäre falsch. Er würde Ihnen, wie ich ihn kenne, keine Auskunft geben. Anscheinend will er uns glauben machen, Traude sei freiwillig zu ihm gegangen. Damit will er sie unmöglich machen und in seine Gewalt bekommen. Nun verstehe ich erst, was er heute abend zu mir gesagt hat.«

Sie erzählte ihm ihre Unterredung mit Druzzia.

»Ich muß sie retten – um jeden Preis.«

»Das steht fest, Fred. Aber nicht so, daß Sie auf der Stelle zu ihm gehen. Er würde wahrscheinlich Vorkehrungen treffen, Traude in ein Versteck bringen, wo wir sie nicht finden würden. Jetzt wissen wir, daß sie in Calaza auf seinem Landgut ist. Wir müssen sofort nach Calaza fahren, ehe er erfährt, daß wir ihr Versteck entdeckt haben. Wir müssen ihm unbedingt zuvorkommen, und es ihm unmöglich machen, mit Traude nach ihrem Erwachen zusammenzutreffen. Angst und Abscheu vor diesem Menschen würden sie von Sinnen bringen. Erst müssen wir sie in Sicherheit wissen, ehe wir mit ihm abrechnen.«

»Der Schuft! Der Schurke! Ich schlage ihn nieder! Tante Elisa – lassen Sie uns sofort aufbrechen!«

»Warten Sie nur, bis ich mir ein warmes Kleid angezogen habe, mich friert vor Angst um das Kind. Wie soll ich vor meinem Sohn bestehen, wenn seiner Schwester unter meiner Obhut ein Leid geschehen wäre?«

Die Señora machte sich schnell fertig. Fred steckte seinen Browning zu sich, und die Señora drang darauf, daß außer dem Chauffeur auch noch Ranzio mitgenommen wurde. Ranzio war stark und mutig, vielleicht würde man ihn brauchen.

Es war inzwischen fünf Uhr morgens geworden, zwei Stunden dauerte die Fahrt mit dem Auto nach Calaza.

Ranzio war voll Feuereifer, als er hörte, worum es sich handelte.

»Ich habe mit Druzzia noch eine alte Rechnung zu begleichen. Vielleicht gelingt es mir diesmal«, sagte er.

Druzzia hatte vor einigen Jahren Ranzios Braut verführt und so sein Lebensglück zerstört. Ranzio steckte gleichfalls eine Waffe zu sich, und seine Augen glühten feindselig, als er neben dem Chauffeur Platz nahm.

In höchster Geschwindigkeit raste das Auto der Señora in den erwachenden Morgen hinein. Sie saß stumm neben Fred, der mit geballten Fäusten und aufeinandergebissenen Zähnen sich straff aufgerichtet hatte und mit seinen hellen grauen Augen scharf vorausspähte, als könne er dadurch dem Wagen vorauseilen.

Er merkte erst jetzt so recht, wie lieb ihm Traude war.

Die Señora hätte fliegen mögen. Ihr ganzes Empfinden war ein Gebet, daß Traude gerettet wurde, ehe ihr Druzzia gegenübertrat.

XVIII

Druzzias Chauffeur war direkt vom Haus der Señora zum Landgut Calaza gefahren. Dort war schon alles zu Bett gegangen, nur Manuela, Druzzias Wirtschafterin, war noch wach und empfing Baptiste. Sie war schon lange in Druzzias Diensten und, wie der Chauffeur, eine willige Helfershelferin bei den Liebesabenteuern ihres Herrn. Druzzia hatte die größte Leidenschaft für solche Frauen, die sich ihm erst versagten, und deren Besitz er sich mit irgendeinem Abenteuer erkämpfen mußte. Dabei brauchte er Helfer, und Baptiste und Manuela waren seine willigen Werkzeuge.

Anscheinend war es nicht das erstemal, daß eine Frau unfreiwillig in Druzzias Landhaus kam. Manuela hatte alles aufs beste vorbereitet; sie half Baptiste, die noch immer tief schlafende Traude in ein Zimmer im ersten Stock zu tragen, in einen viereckigen Turm, der einen separaten Zugang hatte.

Es war sehr luxuriös ausgestattet. Echte Teppiche, schwere seidene Vorhänge, verschleierte Lampen und seidene Kissen bildeten seine verführerische Ausstattung.

Neben diesem Zimmer befand sich ein ebenso raffiniert luxuriöses Schlafzimmer. Die Fenster auf der einen Seite des Turmes waren zugemauert. Die auf der Seite zum Garten, der stets verschlossen war, besaßen bunte Scheiben, die einen Einblick nicht gestatteten. Sie ließen sich nicht ohne einen besonderen Schlüssel öffnen. Manuela verwahrte ihn.

Manuela und Baptiste legten Traude auf einen mit weichen Fellen bedeckten Diwan. Manuela deckte sie sorglich mit einer seidenen Decke zu. Sie sah auf die schlafende Traude herab.

»Ein feines Liebchen – was hat sie für schönes goldenes Haar! So eine Goldhaarige hat er noch nicht hier draußen gehabt«, sagte sie leise.

»Sie ist eine Deutsche – Ihr werdet sie nicht verstehen.

Wenn sie erwacht, sorgt, daß sie eine Mahlzeit bekommt. Versorgt sie wie eine Prinzessin – und dann legt ihr das Schmucketui hin, das der Señor für sie herausgeschickt hat. Dann wird sie gute Laune haben, wenn er kommt. Sogar heiraten will er sie, wenn er sie anders nicht bekommen kann.«

»Daraus wird nichts, darauf verlaßt Euch, Baptiste. Der und heiraten – er muß ja doch immer wieder eine andere haben. Jeder wird er überdrüssig, wenn sie erst zahm ist. Für uns ist es gut so, Baptiste, denn wenn eine Frau ins Haus käme, wäre es mit unserer schönen Zeit vorbei. Wie lange wird sie denn schlafen?«

»Bis zum frühen Morgen bestimmt.«

»Dann kann ich mich ein paar Stunden aufs Ohr legen.«

»Aber schließt gut zu, daß sie nicht entwischt.«

»Bah! Sie wird nicht entwischen. Bleibt Ihr in Calaza diese Nacht, Baptiste?«

»Nein, ich muß den Señor in der Stadtwohnung abholen.«

»Also fahrt zu, Baptiste, ich gehe zu Bett, denn ich muß früh wieder aufstehen, das blonde Liebchen wird dann auch Sehnsucht nach mir haben.«

Traude schlief, bis sie durch das laute Krähen eines Hahnes, der mit seinem Hühnervolk unten im Garten herumstolzierte, geweckt wurde. Sie sah schlaftrunken um sich. Der Kopf war ihr schwer, sie strich sich über die Augen, als müsse sie ein Traumbild verscheuchen. Dann richtete sie sich auf und sah sich in dem fremden Zimmer um. Wo war sie? Wie kam sie hierher? Sie wußte doch ganz genau, daß sie in Elisas Boudoir auf dem Sofa gelegen und gelesen hatte. Dabei war sie so müde geworden und schließlich eingeschlafen. Aber – wie kam sie in dieses fremde Zimmer? Wo war sie nur? Wie war sie hierhergekommen, auf diesen mit Fellen bedeckten Diwan? Sie träumte doch nicht mehr – nein –, sie war wach – hellwach.

Mit einem Ruck stellte sie die Füße auf den Boden und warf die seidengefütterte Decke von sich. Und da merkte sie, daß sie nur an dem einen Fuß einen Schuh an hatte. Wo war der andere geblieben?

Sie bückte sich und suchte danach, schüttelte auch die Decke aus, der Schuh war nicht zu finden. Ihr war zumute, als sei sie verzaubert. Ganz beklommen starrte sie vor sich hin. Und plötzlich schrie sie vor Entsetzen laut auf. Da drüben an der Wand, gegenüber dem Fenster, hing ein lebensgroßes Porträt Druzzias. Die bunten Lichter, die durch das Fenster fielen, gaben dem Bild ein gespenstisches Leben. Traude starrte wie gelähmt in seine lebenstreu gemalten Augen, die mit demselben entsetzlichen Blick auf sie herabschauten wie das Original. Sie preßte die Hände an die Schläfen. Jetzt bemerkte sie erst, daß ihr todübel war. Der Kopf schmerzte zum Zerspringen. Was war nur mit ihr geschehen? Sie mußte doch klar denken können – sie würde doch nicht Wahnvorstellungen haben?

Angestrengt überlegte sie, was vor ihrem Einschlafen geschehen war. Rosita war freundlich zu ihr gewesen – hatte sie genötigt, den Wein auszutrinken –, und danach war sie hundemüde geworden. Und Rosita war verschwunden. Das war am Abend gewesen – und jetzt war heller Morgen. Wo befand sie sich?

Sie machte instinktiv eine fluchtartige Bewegung. Fort

– nur fort aus diesem Zimmer, aus dem Bereich dieser entsetzlichen Augen, in denen gefährliche Lichter funkelten.

Sie eilte zur Tür, um aus diesem Zimmer zu entfliehen. Sie war verschlossen. Verzweifelt rüttelte sie daran. Vergeblich!

Wie ein gehetztes Wild sah sie sich um. Da, an der gegenüberliegenden Wand, befand sich noch eine Tür. Sie flog darauf zu – gottlob, sie ließ sich öffnen!

Traude sah in den anschließenden Raum hinein. Es war ein reizendes Nestchen aus zarten Spitzen und mattblauer Seide. Auch dieses Zimmer hatte Glasfenster, die ihr den Ausblick verwehrten. Auf einem runden Tischchen stand eine Kristallschale mit herrlichen Früchten und Konfitüren, daneben eine Karaffe mit Wein.

Davor befand sich in einem prunktvollen Rahmen eine Fotografie Druzzias mit einer Karte von ihm. Darauf stand in mangelhaftem Deutsch:

»Willkommen in meinem Heim, mein süßes Täubchen! Ich sein voll Sehnsucht nach Dich. Willst Du nicht warten, bis ich kommen, so rufe mir – und ich fliege in Deine Arme. Bald bist Du mein.

Dein Lorenzo Druzzia.«

Mit vorgebeugtem Körper starrte Traude darauf, als sähe sie das Haupt einer Medusa. Sie begriff nur eines, nachdem sie die Karte gelesen hatte, daß sie sich in Druzzias Heim – in seiner Gewalt befand.

Fort – nur fort! Aber wie kam sie heraus? Dieses Zimmer hatte nur eine Tür, und die führte in das Zimmer, das sie eben verlassen hatte. Sie eilte nun wieder hinüber und zu der verschlossenen Tür. Sie rüttelte verzweifelt daran, hämmerte mit geballten Fäusten dagegen und schrie laut, wie in höchster Not. Aber die Tür öffnete sich nicht.

Da eilte sie zum Fenster. Wenn sie durch die Tür nicht entfliehen konnte, mußte es durch das Fenster geschehen.

Aber ehe sie es erreichte, ging plötzlich die Tür auf – Manuela erschien. Sie trug auf einem großen Tablett ein appetitlich hergerichtetes Frühstück. Schnell schloß sie die Tür hinter sich ab und machte einen Knicks, indem sie in portugiesischer Sprache guten Morgen wünschte.

Traude hatte in dieser Sprache schon einiges gelernt. Sie fragte die Wirtschafterin:

»Wo bin ich?«

Manuela stellte das Frühstück auf den Tisch und zeigte lächelnd auf das Porträt des Señors.

»Bei ihm.«

»Lassen Sie mich hinaus – ich will hinaus!« rief Traude heiser vor Erregung.

Manuela schüttelte den Kopf und zeigte auf das Bild.

»Er will es nicht. Sie müssen bleiben.«

»Er hat kein Recht, mich hier festzuhalten. Wo befinde ich mich?«

Die Wirtschafterin zuckte die Achseln, als verstehe sie nicht, und ging zur Tür.

Traude drängte sich an sie heran, sie wollte mit zur Tür hinausgehen. Aber Manuela hatte Routine in solchen Dingen. Sie umfaßte Traude plötzlich mit beiden Armen und warf sie auf den Diwan. Und ehe sich Traude wieder erheben konnte, war sie schon draußen und drehte den Schlüssel im Schloß.

Traude blieb erstarrt sitzen. Was sollte sie tun? Wie kam sie aus dem Zimmer?

Das beschäftigte sie jetzt mehr, als wie sie hereingekommen war. Klar begreifen konnte sie nur das eine: daß sie in Druzzias Gefangenschaft war. Und das war genug, um sie vor Entsetzen zu lähmen.

Aber sie raffte sich wieder auf, ging ruhelos hin und her. Dabei fiel ihr Blick auf das Frühstückstablett. Sie sah neben dem Teller ein Besteck liegen. Mit einem hastigen Griff nahm sie das Messer an sich und verbarg es in ihrem Kleid. Es sollte ihr im schlimmsten Fall als Waffe dienen. Sie stand unter Druzzias Bild und zwang sich, zu ihm aufzusehen. Ich steche ihm lieber die Augen aus, ehe ich dulde, daß er mich anrührt, dachte sie.

Wie lange sie so gesessen, wußte sie nicht. Sie horchte plötzlich auf, denn sie vernahm ganz deutlich, daß ein Auto vorfuhr. Sie sprang auf und faßte nach dem Messer. Kam Druzzia jetzt? Würde er es wagen, hier einzudringen? Ach – wenn doch Fred hier wäre! Er würde es verhindern, daß man ihr etwas zuleide tat. Ob er schon wußte, daß sie entführt worden war? Ob Mutter Elisa ihr Verschwinden schon bemerkt hatte? Sicher doch, als sie vom Fest nach Hause kam. Aber diese beiden geliebten Menschen konnten ihr nicht helfen, ohne zu wissen, wohin Druzzia sie geschleppt hatte.

Angstvoll lauschte sie hinaus. Sie ahnte nicht, daß unten im Gutshof das Auto der Señora angekommen war. Manuela kam aus dem Hause, als sie das Auto hörte, und sah mit Erstaunen, daß die ihr bekannte Gutsnachbarin ihres Herrn, Señora Guarda, mit ihrer Begleitung ausstieg. Manuela hatte keine Ahnung, daß die gefangene blonde Señorita aus deren Haus geraubt worden war, sonst hätte sie vielleicht nicht so vergnügt gelacht.

Sie knickste ahnungslos.

»Guten Morgen, Señora – ich glaubte schon, Señor Druzzia sei vorgefahren.«

»Ist Señor Druzzia nicht hier in Calaza?« fragte die Señora.

»Nein, er ist schon seit Wochen in Montevideo; aber heute oder morgen kommt er bestimmt heraus. Darf ich fragen, was die Señora hierherführt?«

Stemberg und die Señora atmeten auf. Gottlob – sie hatten Calaza eher erreicht als er!

Die Señora trat nun dicht zu Manuela und sah sie gebieterisch an.

»Wir wollen die blonde Señorita abholen, die Señor Druzzias Chauffeur vergangene Nacht herausgebracht hat.«

Manuela zuckte wohl einen Moment zusammen, aber dann machte sie ein harmlos erstauntes Gesicht.

»Hier ist keine Señorita. Niemand ist angekommen, auch nicht Señor Druzzias Chauffeur.«

»Wir wissen es von Señor Druzzia selbst, daß er die Señorita nach Calaza schaffen ließ.«

Wieder zuckte es leise in Manuelas Gesicht. Sie erblickte auch Ranzio. Sie kannte ihn sehr wohl und wußte, daß er eine alte Rechnung mit dem Señor zu begleichen hatte. Seine drohende Miene verriet ihr, daß die Herrschaften alles wußten.

»Ich weiß nichts von einer Señorita.«

Ranzio war dicht an Fred Stemberg herangetreten und sagte in tadellosem Englisch:

»Mister Stemberg, dieses Weib ist die Kupplerin, die Señor Druzzia hilft. Sie weiß ganz genau Bescheid. Glauben Sie ihrer unschuldigen Miene nicht.«

»Ich danke Ihnen, Ranzio.« Und kurz entschlossen zog Fred seinen Browning aus der Tasche und schob die Señora sanft beiseite.

»Man muß deutlicher mit ihr sprechen«, sagte er und hielt Manuela den Browning vor die Augen.

»Wo ist die Señorita?« fragte er kurz und energisch auf portugiesisch.

Manuela kreischte auf und wollte ins Haus fliehen. Aber schon hatte ihr Ranzio den Weg verstellt und hielt ihr ebenfalls eine Pistole entgegen.

»Wo ist die Señorita?« fragte auch er.

Manuela zitterten die Knie, aber noch blieb sie standhaft.

»Ich weiß es nicht, ich verstehe das Ganze nicht.«

Die Señora übersetzte Fred diese Worte. Da richtete er sich in voller Größe auf.

»Ranzio – halten Sie diese Person in Schach, ich muß erst feststellen, wo man Miß Karsten versteckt hat.«

Ranzio hielt Manuela am Arm fest, die Waffe auf sie gerichtet.

Fred wandte sich an die Señora.

»Traude muß hier im Hause sein, das steht fest. Bitte helfen Sie mir, so laut Sie können, ihren Namen zu rufen, damit sie uns eventuell hört. Nach jedem Ruf müssen wir lauschen, ob sie Antwort gibt.«

Und sie riefen, so laut sie konnten:

»Traude!«

Aber das Fenster zu dem Zimmer, in dem Traude noch immer stand und angstvoll lauschte, lag an der hinteren Seite des Gebäudes. Trotzdem drang ein schwacher Hall dieses Rufes an ihr Ohr. Hatte das nicht wie »Traude« geklungen? Und – da war er noch einmal, von einer

Männer- und einer Frauenstimme zugleich, dieser seltsame Ruf. Sie schrie auf, so laut sie konnte, in jäh erwachender Hoffnung. Aber ihre Stimme drang nicht zu den beiden durch. Sie eilte nun zum Fenster. Da draußen in ihrer Nähe waren Menschen, die ihr vielleicht helfen konnten. Sie wollte das Fenster öffnen, sah aber zu ihrem Erschrecken, daß es ohne Schlüssel nicht zu öffnen war. In ihrer Verzweiflung faßte sie nach einem Sessel und stieß mit aller Wucht dessen Beine in die bunten, bleigefaßten Scheiben, so daß sie klirrend zerbrachen. Nun rief sie durch das entstandene Loch laut um Hilfe.

Das wurde von ihren Befreiern auf der anderen Seite des Gebäudes gehört. Und nun hörte auch Traude ganz deutlich Fred Stembergs Stimme: »Traude, Traude!«

Wie ein Rasender lief Fred um das Haus herum, sprang über den Zaun hinweg in den Garten und rief immerfort ihren Namen.

Sie jauchzte auf und steckte die Hände durch das zersplitterte Fenster.

»Hier! Hier! Hier bin ich – o mein Gott –, retten Sie mich!«

Er stand bereits unter dem kaputten Fenster und streckte die Arme zu ihr empor.

»Traude, Traude!«

Sie sah mit bleichem Gesicht zu ihm hinab.

»Retten Sie mich!«

»Gleich, Traude, gleich; nur noch fünf Minuten Geduld – ich komme.«

Und er eilte um das Haus herum zu dem separaten Eingang des Eckturms und lief die Treppe hinauf. Er fand auch die Tür zu dem fraglichen Zimmer, aber es steckte kein Schlüssel, und die Tür war eine massive Holztür, die sich nicht einschlagen ließ.

»Nur Geduld, Traude – ich hole die Schlüssel!« rief er laut.

»Ja, ja – ich warte!«

Fred eilte wieder hinunter. Er trat vor die Wirtschafterin hin, die bleich und zitternd auf Ranzios Pistole starrte. Er sah einen Schlüsselbund an ihrer Schürze hängen, nahm ihn sich und sprang in großen Sätzen die Treppe wieder hinauf, während er der Señora zurief:

»Gleich bringe ich Traude herunter!«

Mit fliegenden Händen probierte er einen Schlüssel nach dem anderen aus, bis er den richtigen fand. Dabei rief er Traude immer wieder ermutigende Worte zu. Sie stand im Zimmer und hatte die Hände auf das wild pochende Herz gedrückt. Endlich sprang die Tür auf. Ein Jauchzer drang über beider Lippen, als sie sich gegenüberstanden.

Er riß sie in seine Arme, an sein pochendes Herz. Zu einer langen Rede hatte er jetzt keine Zeit. Seine Augen bohrten sich angstvoll in die ihren.

»Traude – ist dir etwas geschehen?«

Sie schüttelte den Kopf, zitternd unter dem Blick voll Liebe, den er auf ihr ruhen ließ, und brach dann bewußtlos in seinen Armen zusammen. Das Übermaß von Aufregungen, denen sie ausgesetzt gewesen war, und vielleicht auch noch die Nachwirkungen des Schlafpulvers hatten sie ohnmächtig werden lassen.

Er hob sie auf wie ein Kind und trug sie die Treppe hinunter. Am Fuß der Treppe empfing ihn die Señora.

»Traude! Gottlob! Liebe Traude!«

Fred Stemberg war sehr bleich.

»Tante Elisa, sie ist ohnmächtig geworden in dem Augenblick, da ich sie befreite. Jetzt schnell nach Hause mit ihr.«

Sorgsam bettete er Traude in die Wagenpolster, half der Señora beim Einsteigen und stieg dann selbst ein. Jetzt erst ließ Ranzio Manuela los und steckte seine Pistole weg.

»Diesmal bekommt ihr die Polizei auf den Hals, ihr und euer Druzzia, den Gott strafen möge«, sagte er verächtlich und sprang neben den Chauffeur. Dann fuhr der Wagen im schnellsten Tempo nach Montevideo zurück.

Nach wenigen Minuten kam Traude, um die sich die Señora mühte, wieder zu sich. Sie sah mit großen leeren Augen in Freds Gesicht. Er faßte ihre Hand und bedeckte sie mit Küssen.

»Kleine liebe Traude – war es schlimm?«

Sie schauerte zusammen und schmiegte sich an die Señora.

»Ich weiß nicht, wo ich war. Wohin hatte man mich gebracht?«

»Auf Druzzias Landgut.«

»Aber ich weiß nicht, wie ich dahin kam.«

»Durch ein Schlafmittel betäubt, meine Liebe.«

Traude barg das Gesicht an der Schulter der Señora. »Dieser entsetzliche Mensch!«

»Sei ruhig, arme Traude, er soll dir nie mehr zu nahe kommen«, tröstete Señora Elisa, froh, das Mädchen unversehrt an ihrer Seite zu haben.

Da lösten sich endlich wohltätige Tränen. Traude weinte sich ihre ganze Angst und Not vom Herzen und fühlte, daß Fred ihre Hand in seinen beiden Händen hielt und sie immer wieder mit Küssen bedeckte.

Nach und nach beruhigte sie sich, und als man endlich zu Hause ankam, führte Señora Elisa Traude in ihre eigenen Zimmer.

»So, meine Kleine, jetzt tauschen wir einmal die Rollen. Jetzt will ich dich pflegen und zur Ruhe bringen, und dann schläfst du dich einige Stunden aus.«

»Du Liebe, Gute – ich habe dir wohl viel Sorge gemacht? Du bist nun gar nicht zur Ruhe gekommen diese Nacht ...«

»Nein, Kleines, das Schlafen ist uns vergangen, als wir nach Hause kamen und dich nicht fanden.«

Sie setzte sich zu ihr, während Traude etwas zu sich nahm, und erzählte ihr ausführlich, was geschehen war.

»Gottlob, daß Rosita auf deine Drohungen hin die Wahrheit beichtete. Sonst hättet ihr mich nicht gefunden.«

Zitternd schmiegte sich Traude an die Señora und erzählte nun, was sie seit ihrem Erwachen erlebt hatte. Und sie dachte an das Messer, das sie zu sich gesteckt hatte. Sie zog es schaudernd hervor. »Sieh – das war meine einzige Waffe!«

»Mein armes Kind – gottlob, daß du dich nicht damit retten mußtest. Und jetzt schläfst du, damit deine Nerven sich beruhigen.«

Traude schlief schnell ein. Die Natur verlangte ihr Recht, und die Señora verließ leise das Zimmer.

Im Nebenzimmer ging Fred unruhig wartend auf und ab. Er blieb stehen und sah sie fragend an.

»Wie geht es ihr?«

»Sie schläft. Schlaf ist die beste Medizin nach einem solchen Nervenschock.«

»Ich wollte nur noch warten, bis ich Sie gesprochen habe, Tante Elisa. Jetzt werde ich Druzzia aufsuchen und ihn zur Rechenschaft ziehen.«

»Ist es nicht richtiger, wir überlassen der Polizei diese Aufgabe?«

Fred biß die Zähne zusammen.

»Erst rechne ich selbst mit ihm ab – ich will ihn in sein freches feistes Gesicht schlagen. Dann erst gehe ich zur Polizei.«

»Nehmen Sie wenigstens Ranzio mit, Fred – zu meiner Beruhigung.«

»Ja – Ranzio hat sich diese Genugtuung verdient, ich gönne es ihm, daß er auf diese Weise eine alte Rechnung begleichen kann.«

Das Auto hielt noch vor dem Portal. Fred und Ranzio stiegen ein und kamen gerade zurecht, als Druzzia auf der Terrasse seines Stadthauses beim Frühstück saß. Vor seinem Hause wartete bereits der Wagen, der ihn nach Calaza bringen sollte.

Fred und Ranzio schritten auf die Terrasse zu. Druzzia verfärbte sich ein wenig, trat ihnen aber mit gleisnerischem Lächeln entgegen.

»Was verschafft mir die Ehre Ihres Besuchs zu so früher Stunde?«

Fred antwortete gar nicht. Er sah Druzzia mit einem kalten, harten Blick in die Augen und schlug ihm mit der Reitpeitsche ins Gesicht, über seine schrecklichen Augen hinweg.

Druzzia taumelte zurück – da traf ihn auch noch ein Faustschlag Ranzios.

»Das ist für Ponchita«, sagte er, »sie war meine Braut.«

Wie die beiden Männer gekommen waren, gingen sie

wieder davon. Druzzia war so überrascht und vom Schmerz betäubt, daß er zunächst nicht imstande war, etwas zu tun. Baptiste, der Chauffeur, hatte die Maßregelung seines Herrn mit angesehen. Drohend stellte er sich den beiden Rächern in den Weg. Aber gelassen hob Fred die Reitpeitsche.

»Aus dem Weg, Gesindel!«

Gleichzeitig hatte Ranzio die Pistole gezogen und legte auf Baptiste an.

Da trat er zurück und eilte zu seinem Herrn.

Fred fuhr in Ranzios Begleitung nun zur Polizei, und der Polizeichef ließ ein Protokoll aufnehmen.

»Wir sehen Druzzia schon lange auf die Finger und wissen, daß er ein übler Patron ist, aber bisher haben wir ihm noch nichts nachweisen können. Seine Opfer haben sich entweder gescheut, Anzeige zu erstatten, oder sie haben sich von ihm bezahlen lassen. Diesmal soll er nicht ohne Strafe davonkommen.«

Aber er sollte noch immer nicht dazu kommen, Druzzia festzusetzen. Dieser war in rasender Eile nach Calaza gefahren, und als er dort von Manuela hörte, was geschehen war, tobte er wie ein Wahnsinniger, zog es aber dann doch vor, schleunigst eine Reise ins Ausland anzutreten. Die Polizei fand also das Nest leer, als sie den Vogel ausheben wollte.

Doch der Polizeichef, der Fred und der Señora das persönlich im Laufe des Tages mitteilte, meinte gelassen: »Er entgeht uns nicht. Einmal wird er zurückkommen, und dann verhaften wir ihn.«

Fred war wütend, daß Druzzia entwischt war.

»Lassen Sie es gut sein, Fred! Ich bin froh, daß er fort ist. Seiner Strafe wird er nicht entgehen.«

XIX

Bis zum Mittag dieses Tages hatten die beiden Damen geschlafen. Traude fühlte sich wieder ganz wohl und war nur noch ein wenig schreckhaft. Die Señora schickte sie, als zu Tisch gerufen wurde, voraus ins Speisezimmer. Sie sagte sich, daß das erste Wiedersehen zwischen Fred und Traude keine Zeugen vertrug.

Traude hatte ihre Fassung leidlich wiedergefunden, wenn sie auch noch blaß aussah.

Fred kam ihr schon entgegen.

Er faßte ihre beiden Hände und zog sie zu sich heran.

»Hast du mir nichts zu sagen?« fragte er weich und zärtlich, entzückt ihr süßes Gesicht betrachtend.

»Mister Stemberg, ich bin Ihnen großen Dank schuldig, daß Sie mich aus einer schmachvollen Gefangenschaft erlöst haben.«

Sie sah ihn scheu und hilflos an. Da nahm er sie einfach fest in seine Arme und preßte seine Lippen auf die ihren, in einem langen innigen Kuß.

Sie wehrte sich nicht, wenn ihr auch das Herz bis zum Hals hinauf schlug. Aufatmend ließ er sie los.

»So, Traude – nun sind wir im klaren –, oder muß ich dir erst noch sagen, wie lieb ich dich habe?«

»Ich weiß es – seit heute morgen weiß ich es wieder.«

»Hattest du es vergessen?« neckte er zärtlich.

»Nein, nein – aber –, ich glaubte – Sie hätten es vergessen, mich liebzuhaben.«

»Traude, ich habe es ganz sicher nie vergessen – seit ich dich kenne. Tante Elisa fürchtete nur, ich könnte vorschnell handeln, und da nahm sie mir das Ehrenwort ab, daß ich drei Monate warten sollte, ehe ich dich an mich fesseln würde. Ach Traude – war das eine Plage«, seufzte er lächelnd. »Und wenn ich mich am meisten im Zaum hielt und ganz vernünftig und korrekt erschien – dann war die Sehnsucht, dich in meine Arme zu nehmen und deinen süßen Mund zu küssen, am ärgsten. Gottlob, daß diese Prüfungszeit zu Ende ist! Nun bist du mein. Und was bin ich dir? Immer noch Mister Stemberg, dumme kleine Traude?«

»Nein – du –, du bist mein geliebter Fred«, sagte sie innig.

»Hast du mich lieb?«

»Sehr, sehr lieb.«

»Schon immer?«

»Seit ich dich kenne.«

»Schon, seit mein Chauffeur dich beinahe umgefahren hätte?«

»Ein klein wenig später spürte ich es.«

»Ich auch – fünf Minuten später –, und gleich sehr stark. Nun ist es geschehen, du – Traude –«

Und er zog sie wieder an sich und küßte sie.

Sie merkten in ihrer glücklichen Versunkenheit nicht, daß die Tür sich öffnete und die Señora eintrat.

Fred legte den Arm um Traude, und so standen sie vor der Señora.

»Nun ist sie endlich meine Braut, Tante Elisa«, sagte er befriedigt. »Drei Monate war ich brav.«

Elisa nahm Traude in ihre Arme und reichte dann Fred die Hand.

»Von ganzem Herzen wünsche ich euch Glück. Ihr seid einander wert. Ist nun alles wieder gut, Traude?«

»Dir danke ich all mein Glück, Mutter Elisa. Wie soll ich es dir vergelten?«

»Hilf mir, das Herz meines Sohnes zu gewinnen, dann vergiltst du mir tausendfältig alles, was ich an dir tun konnte. Sei glücklich, Traude – und beglücke. Nichts Schöneres hat das Leben dir zu bieten.«

»Auch ich danke Ihnen mein Glück, Tante Elisa«, sagte Fred.

»Ich habe es Ihnen ein wenig schwer gemacht, Fred – aber von heute an sagen wir du zueinander, Fred. Ich will keine Respektstante mehr für dich sein, sondern eine Herzenstante. Wir sind doch jetzt eine einzige Familie.«

Die Liebenden strahlten eine solche Fülle von Glückseligkeit aus, daß auch der Señora das Herz warm wurde.

Im Laufe des Gesprächs kam die Rede auch noch einmal auf Rositas Beteiligung an Traudes Entführung.

Traude legte ein gutes Wort für die Alte ein.

»Sie hat in ihrer Beschränktheit nicht geahnt, was sie mir zufügt. Eifersucht verwirrt die Sinne.«

»Verzeihen will ich ihr«, sagte Elisa, »aber ich mag sie nicht mehr um mich haben. Sie wäre imstande, meinen Sohn zu hassen und zu verfolgen, weil ich ihn liebe. – Im übrigen möchte ich meinen Lebensabend da beschließen, wo mein Sohn weilt. Er wird in New York bleiben, wenn er Maud heiratet; denn Ernest Stemberg wird sich auch nicht von seiner Tochter trennen wollen. Ich werde dich, lieber Fred, und Onkel Ernest bitten, mir und meinem Sohn zu helfen, meinen Betrieb umzustellen.«

»Das kann ich verstehen, Tante Elisa. Aber was soll mit deinem Haus hier geschehen?«

»Das werde ich verkaufen. Der Präsident sagte mir gestern abend, daß seine Räumlichkeiten zu klein sind und daß er mich um mein schönes großes Haus beneidet. Ich denke, er wird es mir gern abkaufen. Ranzio kann mir dann folgen, er ist mir ergeben und sehr zuverlässig.«

»Und was soll aus Rosita werden?« fragte Traude.

»Sie wird bis an ihr Lebensende gut versorgt sein. Eine jüngere Schwester von ihr ist verheiratet und mit ihrem Mann auf meinem Landgut angestellt. Dort kann auch Rosita ein Zuhause finden.«

»Das ist eine gute Lösung«, sagte Fred.

Maud Stemberg saß mit ihrem Vater beim Frühstück, als sie einen Brief von Fred erhielt. Eilig las sie ihn durch und sah dann auf.

»Hast du gute Nachricht von Fred?« fragte ihr Vater.

»Die beste, Väterchen, er ist glücklich.«

»Dann hat er sicher eine Dummheit gemacht. Warum ist er denn glücklich?«

»Weil er sich verlobt hat.«

»Sagte ich's nicht? Mit der goldhaarigen Miß natürlich – mit der Schwester von Rutland?«

»Du hast es erraten.«

»Hm! So etwas errät man immer. Hast du noch weitere solche Nachrichten auf Lager?«

»Lauter nette Sachen! Tante Elisa, Fred und seine Braut dürften schon auf dem Wege nach New York sein. Aber bitte, lies doch selbst.«

Sie reichte ihm den Brief. »Das freut mich ehrlich, daß Tante Elisa nach New York kommt, dann hat man doch wenigstens einen vernünftigen Menschen in der Familie, ihr anderen seid in eurer Verliebtheit ziemlich unzurechnungsfähig.«

»Oh, was machst du für ein bärbeißiges Gesicht, Vater.

Man könnte glauben, du seiest ein böser grillenhafter Mensch – und bist doch mein goldiger Vater!«

»So? Dein goldiger Vater? Und du meinst, das verpflichtet? Nun gut, jetzt muß ich aber nach Brooklyn hinüber. Du wirst ja wohl Lust haben, Freds Botschaft an Rutland auszurichten.«

»Die größte Lust.«

»Hm! Dann will ich ihm telefonisch Bescheid geben, er soll nach New York kommen. Ich habe geschäftlich mit ihm zu verhandeln. Wann werden denn Fred und die Damen ankommen?«

»Ich denke, ihr Schiff wird in den nächsten Tagen hier ankommen.«

»Also werde ich ihn für die nächsten Tage herüberbitten – er wird ja auch seine Schwester wiedersehen wollen.«

»Du bist doch mein goldiger Vater.«

Er nahm ihren Kopf in beide Hände und sah ihr tief in die Augen.

Sie schluckte tapfer die aufsteigenden Tränen hinunter und sah ihn flehend an.

»Du möchtest dich wohl auch gern verloben – was?«

»Von Herzen gern – das weißt du.«

»Nun – wir werden sehen, ob sich nicht ein Mann für dich findet.«

Sie küßte ihn stürmisch.

»Willst du mich umbringen?« prustete er.

»O nein, ich will dir nur danken.«

»Wofür?«

»Du weißt schon.«

»Du weißt doch noch nicht, was für einen Mann ich dir aussuche. Er gefällt dir am Ende gar nicht.«

»Doch – er gefällt mir.«

»Du nimmst ihn also unbesehen?«

»Aus deiner Hand, ja.«

So trennten sie sich.

Maud trällerte ein Liebeslied vor sich hin. Sie wußte, daß ihre Prüfungszeit bald zu Ende sein würde.

Die Señora und das Brautpaar waren in New York eingetroffen und wurden von Vater und Tochter herzlich begrüßt.

Maud und Traude sahen sich eine Weile stumm und forschend in die Augen, dann fielen sie einander um den Hals und küßten sich, als seien sie sich schon lange von Herzen gut.

Fred stand dabei und umarmte sie befriedigt alle beide.

Ernest Stemberg zog Traude ohne Förmlichkeiten an sich und küßte sie schmunzelnd auf die Wange.

Genauso sympathisch wie ihr Bruder, dachte er.

»Wollen Sie mir verzeihen, Mister Stemberg, daß ich mir Freds Herz gewonnen habe?« fragte Traude in ihrer netten, schüchternen Art.

»Ich hatte zwar andere Absichten mit ihm – aber die Jungen sind zuweilen doch klüger als die Alten. Ist es nicht so, Elisa?«

»Das sind die klügsten Alten, die das einsehen, lieber Ernest.«

Eine Stunde später saß die Señora mit Ernest Stemberg allein in dessen Arbeitszimmer. Sie hatte ihn um eine Unterredung unter vier Augen gebeten.

»Meine liebe Elisa, Fred hat mir gesagt, daß du geschäftliche Dinge mit mir besprechen möchtest.«

»Nein, Ernest, das hat Zeit. Ich wollte dir nur mitteilen, daß mein Sohn aus erster Ehe lebt und daß ich nun weiß, wo er sich befindet.«

»Da gratuliere ich dir von ganzem Herzen, Elisa. Hoffentlich findest du deinen Sohn so wieder, wie du es dir wünschst.«

»Ich weiß, daß er ein tüchtiger, aufrechter Mann geworden ist, auf den ich stolz sein kann.«

»Das freut mich. Bist du schon mit ihm in Verbindung getreten?«

»Ernest, er weiß nichts von mir. Er glaubt, seine Mutter sei nicht mehr am Leben. Man hat ihn in diesem Glauben erzogen.«

»Wie konnte man sich so an dir und ihm versündigen!«

»Er ist in sehr kleinkarierten und engstirnigen Kreisen aufgewachsen.«

»Und wird das nicht auf ihn abgefärbt haben?«

»Nein – gottlob nicht, er ist doch Blut von meinem Blut. Ich möchte nun nicht mit leeren Händen zu meinem Sohn kommen, sondern ihm gleich die Erfüllung eines Herzenswunsches bringen, wenn ich ihn nach so endlos langen Jahren wiedersehe. Und dazu sollst du mir helfen.«

»Ich? Wie könnte ich das?«

»Du sollst mir für ihn dein Jawort geben, daß du ihm deine Tochter zur Frau gibst.«

Ernest Stemberg sah erstaunt auf und kratzte sich hinter dem Ohr.

»Meine liebe Elisa – da werde ich dir nicht helfen können. Sieh mal – Maud hat sich fest in den Kopf gesetzt, nur den Mann zu heiraten, den sie liebt. Und sie hat sich ausgerechnet in meinen neuen Direktor Rutland verliebt. Der kam als einfacher Testfahrer hierher und hat es fertiggebracht, sich im Herz meiner Tochter einzunisten. Nebenbei hat er es auch noch verstanden, mir zu imponieren. Erst habe ich mich gegen diese Verbindung gewehrt, aber es half alles nichts. Deshalb kann ich nicht auf deinen Wunsch eingehen. Maud wird Heinz Rutlands Frau, wenn sie auch noch nicht weiß, daß ich meine Einwilligung geben werde.«

»Und so wird Maud meine Schwiegertochter, Ernest; denn Heinz Rutland ist mein Sohn.«

Der alte Herr sah sie konsterniert an.

»Was ist das? Heinz Rutland dein Sohn? Wie konnte ich das ahnen? Ich habe den Namen deines ersten Mannes nie gehört, da du ja bald wieder deinen Mädchennamen angenommen hattest. Also, das ist dein Sohn – dieser prächtige Mensch! Stolz kannst du auf ihn sein! Und für ihn gebe ich dir gern mein Jawort. Ich hatte ihm im ersten Ärger das Wort abgelistet, nie um Mauds Hand anzuhalten. Nun hätte ich ihn selbst bitten müssen, mein Schwiegersohn zu werden. Jetzt ist die Sache viel einfacher – du hast für deinen Sohn bei mir um Mauds Hand angehalten, und ich gebe meine Einwilligung. Ich bin sehr froh, Elisa, ist es doch immerhin etwas fatal für einen Mann in meinem Alter, wenn er klein beigeben muß.«

»Ich bin sehr glücklich über alles, Ernest, aber nun habe ich noch eine Bitte an dich. Rufe meinen Sohn nach New York, so schnell wie möglich. Ich möchte ihm zum ersten Mal in deinem Haus begegnen. Nur von mir soll er hören, daß ich seine Mutter bin, und dazu muß ich allein mit ihm sein.«

»Das verstehe ich. Ich brauche ihn nicht zu rufen, er wird heute noch eintreffen. Ich wollte ihm ein Wiedersehen mit seiner Schwester ermöglichen und – Maud machte so sehnsüchtige Augen.«

»Ich zähle die Stunden, bis ich ihn wiedersehe. – Du stellst mich ihm als Señora Guarda vor und überläßt alles Weitere mir, ja? Maud möchte ich nun auch noch ins Vertrauen ziehen. Willst du sie bitte herüberrufen?«

Der alte Herr erhob sich.

»Darf ich der Unterredung beiwohnen? Ich möchte Mauds Gesicht sehen, wenn du sie um ihre Hand für deinen Sohn bittest.«

Lächelnd nickte die Señora.

Ernest Stemberg rief seine Tochter aus dem Nebenzimmer herüber.

»Ist eure Konferenz schon zu Ende?« fragte Maud.

»Ja, liebe Maud«, erwiderte die Señora, sie an sich ziehend. »Aber nun wollen wir auch noch eine Konferenz mit dir abhalten. Ich habe soeben bei deinem Vater um deine Hand angehalten für meinen Sohn; denn ich möchte dich gern zur Schwiegertochter haben.«

»Tante Elisa! Hast du denn deinen Sohn gefunden?«

»Ja, Maud, ich werde noch heute mit ihm zusammentreffen, und ich möchte ihm so gern sagen, daß du seine Frau werden willst. Er liebt dich, und dein Vater hat mir schon seine Einwilligung gegeben.«

»Maud, der Sohn von Tante Elisa ist es, den ich dir zum Mann bestimmt habe.«

Maud riß sich von Tante Elisa los und sah dem Vater mit schmerzlichem Zorn in die Augen.

»Das konntest du tun, Vater, obwohl du wußtest, daß

ich Heinz Rutland liebe und nie einem anderen angehören werde?«

»Du sagtest mir erst kürzlich, daß du aus meiner Hand unbesehen jeden Mann nehmen würdest.«

»Ich glaubte nicht, daß du mich unglücklich machen willst. So fest habe ich dir vertraut, daß ich das sagen konnte. Du weißt, daß mein Herz Heinz Rutland gehört.«

Ernest Sternberg drehte behaglich die Daumen. »Eben für Heinz Rutland hat Tante Elisa um deine Hand angehalten, und du wirst seine Frau.«

»Wie soll ich das verstehen?« fragte sie fassungslos.

»Heinz Rutland ist mein Sohn, Maud«, sagte Elisa.

Da schluchzte Maud erlöst auf und fiel ihr um den Hals.

»Ach, Tante Elisa – wie habt ihr mich erschreckt!« seufzte sie. »Aber nun erzähle – wie hängt das alles zusammen?«

Elisa erzählte und fügte hinzu:

»Weil ich nun wußte, daß ihr beide euch liebt und nur auf die Einwilligung deines Vaters wartet, bat ich ihn darum. Ich möchte dich Heinz als mein erstes Geschenk bringen. Du willst doch, Maud?«

»Ja, Tante Elisa – tausendmal ja.«

»Aber du versprichst mir, nicht zu verraten, wer ich bin, bevor ich mit ihm gesprochen habe.«

»Ich verspreche es dir. Aber nun laß mich erst einmal zu meinem Vater, Tante Elisa – ich habe ihm etwas zu sagen.«

Und sie flog auf ihren Vater zu.

»Verzeih, daß ich einen Moment an dir zweifelte. Nicht wahr, du hättest uns deine Einwilligung auch gegeben, wenn Heinz Rutland nicht Tante Elisas Sohn wäre?«

Er lachte gerührt. »Ich bin aber sehr froh, daß Tante Elisa für ihn um deine Hand anhielt. Ich hätte ja sonst wahrhaftig diesem jungen Mann meine Tochter anbieten müssen. Und am Ende hätte er noch abgelehnt.«

»Das hätte er nicht getan!«

»So sicher bist du? Ich hoffe, dein Vertrauen wird nie enttäuscht!«

Sie besprachen nun noch allerlei und gingen dann wieder zu dem Brautpaar hinüber.

»Gottlob, daß ihr kommt«, sagte Fred heuchlerisch. »Traude war beinahe soweit, wieder Mister Stemberg zu mir zu sagen.«

In fröhlicher Stimmung nahmen sie den Lunch ein.

XX

Eine Stunde später ließ sich Heinz Rutland melden. Elisa wurde totenbleich. Mühsam rang sie um Fassung.

Inzwischen begrüßte Mister Stemberg Heinz im Nebenzimmer.

»In Brooklyn wurde mir gesagt«, begann Rutland, »daß Sie mich hier erwarten?«

»So ist es, Direktor. Ich wollte etwas Privates mit Ihnen besprechen. Wann haben Sie die letzte Nachricht von Ihrer Schwester bekommen?«

»Vor etwa zwei Wochen.«

»Hat sie Ihnen mitgeteilt, daß sie bald in New York sein wird?!«

»Nein – das hat sie nicht getan.«

»Dann kann ich Sie mit der Nachricht überraschen, daß sie bereits hier eingetroffen ist. Deshalb ließ ich Sie herkommen. Sie werden sich gewiß freuen, sie begrüßen zu können.«

»Meine Schwester ist hier?«

»Im Nebenzimmer – treten Sie ein.« Stemberg öffnete die Tür.

Heinz blickte erstaunt auf die hier versammelten Menschen. Aber dann sah er seine Schwester.

»Traude!«

Sie flog auf ihn zu.

»Heinz, Bruderherz!«

Sie hielten sich in den Armen und sahen sich glückstrahlend an. Heinz faßte sich als erster.

»Entschuldigen Sie die stürmische Begrüßung – aber wir haben uns so lange nicht gesehen.«

»Darf ich meinen Bruder vorstellen? Hier ist meine geliebte verehrte Señora Guarda, Heinz.«

Heinz sah in das Gesicht der Señora, und als sein Blick ihre Augen traf, wurde er seltsam berührt.

Traude wollte der Señora Zeit geben, sich zu fassen. Sie wartete nur, bis Heinz ihr die Hand geküßt hatte, dann fuhr sie aufgeregt fort:

»Der Señora danke ich ein großes Glück, Heinz. Ich bin Fred Stembergs Braut.«

Betroffen sah Heinz zu Maud hinüber, die er nur mit einem stummen Gruß bedacht hatte. Sie nickte ihm lächelnd zu, als wollte sie sagen: Glaube es nur, es ist wahr.

Aber nun trat Fred zu Heinz heran.

»Mister Rutland, ich hoffe, Sie vertrauen mir gern Ihre

Schwester an. Wir lieben uns und hoffen, einander glücklich zu machen. Wollen Sie mir ein Bruder sein?« sagte er, mit festem Druck Heinz' Hand ergreifend.

»Wenn Sie mich für wert halten, will ich es von Herzen gern sein«, antwortete Heinz.

»Dann ist alles zwischen uns in bester Ordnung, und nachher bei Tisch werden wir Bruderschaft trinken.«

Sie schüttelten sich noch einmal die Hände, und Heinz wandte sich nun wieder Señora Guarda zu.

Diese hatte in ihrem Sessel gesessen und mit großen Augen ihren Sohn angesehen. Ihr Antlitz war noch immer leichenblaß. Heinz wunderte sich darüber, daß das noch immer schöne Gesicht dieser Frau sofort wieder den Zauber auf ihn ausübte wie vor Jahren ihr Bild. Irgend etwas rührte an sein Herz, so daß er selbst Maud Stemberg im Augenblick darüber vergaß. Sie schaute gleich den anderen mit Erregung auf Mutter und Sohn.

»Darf ich Ihnen, Señora, meinen Dank ausdrücken für die Güte, die Sie meiner Schwester erwiesen haben?«

Señora Elisa reichte ihm ihre bebende Hand.

»Sie brauchen mir nicht zu danken – Traude ist mir lieb und teuer geworden wie eine Tochter. Wir haben einander viel geben können. Ich – ich freue mich, nun auch Sie vor mir zu sehen. Traude hat mir viel von Ihnen erzählen müssen – ich freue mich unsagbar ...«

Sie konnte nicht weiterreden und rang nach Fassung. Die anderen hielten den Atem an. Heinz wußte nicht, weshalb er erschüttert und fassungslos vor dieser Frau stand, die etwas Verehrungswürdiges für ihn hatte. Um den Bann zu brechen, fragte er teilnahmsvoll:

»Haben die Nachforschungen nach Ihrem Sohn Erfolg gehabt?«

Die Señora faßte sich mühsam.

»Sie hatten Erfolg – ja. Und – ich möchte gern mit Ihnen darüber reden – wenn Sie mich einige Minuten anhören wollen.«

Er verneigte sich.

»Bitte – verfügen Sie über mich.«

»Laßt mich mit Mister Rutland eine Weile allein. Wenn wir fertig sind, rufe ich euch«, sagte sie mit verhaltener Stimme.

Die anderen gingen hinaus. Nur Traude trat an Heinz heran und faßte seine Hand.

»Heinz – vergiß nicht, daß Señora Guarda meine geliebte Mutter Elisa geworden ist. Sie ist die gütigste Frau, der ich je begegnet bin.«

Lächelnd strich ihr Heinz über das Haar.

»Wie sollte ich das vergessen – wenn jemand dir so viel Gutes erwiesen hat?«

Die Señora deutete auf einen Sessel ihr gegenüber, und Heinz setzte sich.

»Verzeihen Sie, wenn ich ein wenig weitschweifig werde. Traude hat Ihnen wohl meine Lebensgeschichte anvertraut?«

»Ja, Señora, und sie hat in höchster Verehrung von Ihnen gesprochen.«

»Ich weiß es, Traude ist ein liebes Geschöpf, und sie hat viel Teilnahme für mich.«

»Das kann wohl nicht anders sein, Señora.«

»Ich möchte gern von Ihnen wissen, ob Sie es verwerflich finden, daß ich gegen den Willen meines ersten Mannes wieder zur Bühne ging?«

»Ich weiß, daß Sie eine begnadete Künstlerin waren, weiß auch, daß Sie sich in engstirnigen Kreisen gefesselt fühlten. Ich bin selbst darin aufgewachsen und habe mich, obwohl ich kein Künstler bin, oft genug wundgestoßen an den engen Schranken, die man mir gezogen hatte. Wenn ich daheim meine Traude nicht gehabt hätte, ich wäre ausgebrochen und hätte das Weite gesucht. Traude half mir, Unerträgliches zu tragen. Wieviel mehr mußten Sie den Zwang empfinden, der Ihnen verbieten wollte, Ihre Kunst zu entfalten. Fragen Sie mich also nicht, ob ich das verwerflich finde.«

»Es mag Sie seltsam berühren, daß ich diese Frage an Sie richte. Aber – ich soll in Kürze meinen Sohn wiedersehen. Sie mögen im gleichen Alter mit ihm sein, sind aus ganz ähnlichen Verhältnissen hervorgegangen – und – Sie sollen mir sagen, wie Sie sich an meines Sohnes Statt verhalten würden, wenn Sie Ihre Mutter nach langjähriger Trennung wiedersehen.«

»Ich hätte gar nicht gewartet, bis mich meine Mutter gesucht hätte. Sobald ich über mich selbst hätte verfügen können, wäre ich zu ihr gegangen – oder hätte ihr, falls ich das nicht konnte, geschrieben, daß ich es grausam fände, daß man sie von ihrem Kind trennte, nur weil sie ihrer Kunst nicht entsagen wollte. Der Mann, der Ihnen Ihren Sohn nahm, Señora, muß ein kleinlicher Mensch gewesen sein.«

»Heinz Rutland – dieser hartherzige, engstirnige Mann – war Ihr Vater Albert Rutland«, sagte sie leise.

»Señora!«

»Ich hieß Frau Elisa Rutland, ehe ich Señora Guarda wurde. Heinz – mein Sohn –, ich bin deine Mutter.«

Er saß ungläubig und doch in tiefster Seele bewegt.

»Meine Mutter ist doch tot!« rief er wie außer sich.

»Nein, mein Sohn, deine Mutter lebt. Es war das Bild

deiner Mutter, das dein Vater ins Feuer warf – und das du dann doch jahrelang mit dir herumtrugst. Deine Mutter sitzt vor dir, mein Sohn, und dürstet danach, von dir endlich den Namen zu hören, der ihr gebührt. Man hat dich belogen, man hat uns grausam getrennt und sich bemüht, in dir zu töten, was von deiner Mutter stammte. Heinz, regt sich nichts in deinem Herzen für deine unglückliche Mutter?«

Da brach er, überwältigt von einem starken Gefühl, vor ihr in die Knie und sah, ihre Hände fassend, zu ihr auf.

»Ist es wahr? Bist du meine Mutter?«

Voll inniger Mutterliebe sah sie ihn an.

»Fühlst du es nicht, mein Sohn? Ja, deine Mutter, deine glückliche und stolze Mutter – wenn du mich nur anerkennen willst.«

Er barg das Gesicht in ihren Händen und verharrte eine lange Weile so.

»Mutter! Mutter! Wie unmenschlich war es, uns zu trennen, uns einander so fremd werden zu lassen.«

»Kann meine Liebe Brücken schlagen über diese Fremdheit?«

Er blickte sie an. Plötzlich umfaßte er sie mit seinen starken Armen.

»Mutter – du hast mehr gelitten unter unserer Trennung als ich. Und ich möchte dich das alles vergessen machen. Schon dein Bild übte auf mich einen unerklärlichen Zauber aus. Mutter – ich hab' dich lieb!«

Ergriffen hielt er sie in seinen Armen, und sie fühlten beide, daß die lange Trennung die Bande des Blutes nicht hatte zerreißen können. Ein halbes Leben mußte überbrückt werden, aber ihrer Liebe würde es gelingen.

Beseligt fühlte die Mutter, daß sie ihren Sohn wirklich wiedergefunden hatte.

Als sie sich alles vom Herzen geredet, was sie bewegte, strich die Mutter zärtlich über das Haar des Sohnes und sah lächelnd in das männliche Gesicht.

»Ich wollte heute nicht mit leeren Händen zu dir kommen, Heinz, und will dich nun nicht egoistisch für mich allein haben. Du liebst Maud Stemberg, nicht wahr?«

»Ja, Mutter, ich liebe sie, wie ein Mann nur die Frau lieben kann, in der er die Ergänzung seines eigenen Ichs sieht. Mein Herz gehört Maud, und mir gehört das ihre, ich weiß es.«

»Als erstes Geschenk, das ich dir bringen kann, nimm von mir die Versicherung, daß Ernest Stemberg dir die Hand seiner Tochter zusagt. Er hat mir erzählt, daß er dich durch dein Ehrenwort gebunden hat, nie um Mauds Hand anzuhalten. So habe ich es für dich getan. Und ich bringe dir sein Ja. Von Maud wirst du es dir wohl selber holen wollen?«

»Wie gut du bist, Mutter – ich danke dir –, das werde ich dir nie vergessen.«

»Nun komm, da drüben bangen die anderen, ob wir uns wiederfinden werden. Ich will sie rufen.«

Sie öffnete die Tür. Schön sah sie aus in ihrem Glück.

»Kommt, meine Lieben – ihr dürft einer stolzen Mutter Glück wünschen.«

Sie kamen alle herüber und gratulierten Mutter und Sohn. Und als das freudig erregte Durcheinander sich gelegt hatte, da dauerte es gar nicht lange, bis die Señora es unmerklich so arrangierte, daß Maud und Heinz allein waren.

Heinz hatte das Bemühen seiner Mutter herzklopfend beobachtet und mit heimlicher Erregung unterstützt.

Nun standen sie endlich einander allein gegenüber. Er faßte ihre Hände.

»Ich frage dich nicht, Maud, ob du mich liebst – ich weiß es –, wie du weißt, daß ich dich liebe. Nicht wahr, du wärst auch mein geworden, wenn Señora Guarda nicht meine Mutter wäre?«

»Ich wäre zur Not auch Frau Testfahrer geworden, Heinz Rutland«, sagte sie mit der köstlichen Frische ihres Wesens, das er so sehr liebte.

Da nahm er sie fest in seine Arme, und ihre Lippen fanden sich im ersten seligen Kuß.

So standen sie noch, als nach langer Zeit Stemberg, Elisa am Arm, ins Zimmer trat.

»Meine liebe Elisa – wie findest du dieses Bild?« fragte Stemberg.

»Wundervoll!« sagte die Señora.

Da wurden sie beide herzlich umarmt. Das andere Brautpaar kam ebenfalls dazu und wollte nicht nachstehen. Sie sahen sich alle lachend an.

»Das gefällt uns, liebe Elisa, nicht? Wir beiden Alten wollen uns auch wärmen an der Atmosphäre der Liebe, welche die beiden Brautpaare um sich verbreiten. Und damit über dem Angenehmen nicht das Nützliche vergessen wird, schlage ich vor, daß wir zu Tisch gehen.«

Auf der einen Seite der Tafel saßen Fred und Traude, auf der anderen Heinz und Maud. Das obere Ende nahm die Señora ein, das untere Stemberg. Als der Sekt in den Gläsern perlte, erhob sich Stemberg, klopfte an sein Glas und sagte:

»Ich sehe in glückliche Augen – möge es immer so

bleiben! Und wenn einmal Stürme kommen – haltet fest und treu zusammen als echte Stemberg-Kompanie. Man kann auch im fremden Land die Liebe finden und das große Lebensglück. Darauf wollen wir anstoßen: Es lebe die Liebe der Menschen zueinander!«